제8회 한국청소년문학상 수상작품

꽃을 여행하다

오늘의문학사

◈ ◈ **발간사** ◈ ◈

제8회 한국청소년문학상 수상 작품집을 발간합니다.

대상, 금상, 은상, 동상을 받은 작품들을 모아 발간한 이 책은 우리나라 청소년들의 사상과 감정, 그리고 서정적 지향을 확인하는 중요한 자료가 될 것입니다. 또한 문학을 창작하려는 청소년들에게 좋은 본보기 글이 되리라 믿습니다.

물질문명의 발달, 금전 만능주의의 팽배, 보고 즐기는 문화가 만연하는 이 시대, 자라나는 청소년에게 정신문화의 발양은 시급합니다. 이에 사단법인 문학사랑협의회에서는 2002년부터 [한국청소년문학상]을 제정하여 시행하고 있습니다.

응모한 청소년들에게 고마운 마음을 전합니다. 앞으로 더 좋은 작품을 창작하여 우리나라 문학예술을 이끌어 나갈 훌륭한 인재로 성장하기를 바랍니다. 1,100여 편의 작품을 심사하시느라 수고하신 심사위원들께도 감사드립니다.

수상작품집을 펴내며, 앞으로 더욱 알차게 운영할 것을 약속드립니다.

사단법인 문학사랑협의회 이사장

■ 차 례 ■

■ 차 례 ■

■ 차 례 ■

■ 차 례 ■

제1부

운문부문 당선작품

페루그라피

김 종 연

(안양예술고등학교 3학년)

안데스 산 구릉에 고인 바람이
브라운관을 넘어 안방에 불어온다
콘도르의 부리에 맺힌 햇빛이
채널과 채널 사이를 쪼고 간다
솜털을 헤집는 바람의 방위를 따라
몸을 돌려 눕히는 페루의 망자들
텅 빈 두개골에 들어간 바람이
모래알 서걱이는 소리로 돌아나온다
스피커 촘촘한 구멍으로
오래 전 사라진 머리칼이 흔들리고
텅 빈 입 속, 국적이 없는 성대에서

천천히 읽어내는 누런 망자들의 이름
외투처럼 껴입고 나온 슬픔까지
풍화되어 나레이션 목소리에 스민다
죽음에 날개를 다는 일은
오래 전부터 새들의 몫이었는데,
카메라 필름에 찍힌 안데스의 저흔이
바람에서 색실을 뽑아 생을 기운다
세상에 죽음이 없었다면
아마 바람도 사라지고 없었겠지
안방에서 관람하는 바람의 의식
벌써 전파를 넘어 이곳에 당도한
누군가, 창문을 두드리고 있다

검은 문
  – 존재하지 않는 숭례문을 그리워하며

홍 유 진

(대전둔산여자고등학교 2학년)

한국의 정수리에
사통팔달의 도로가 뚫리고
역사(歷史)로 들어가는 문 하나.

백 년 전 이름 모를 아낙네가
쪽빛 푸른 치맛자락 부여잡고
잘 가요 잘 가요 눈물 찍어 보내던
임 기다리던 그 자리에 붉은 꽃이 피었다.

전쟁에서 돌아온 늙은 아들
버선발로 맞던

노모의 눈물자국 선명한 그 자리
타닥 타닥 타다다닥
불꽃은 모든 애환을 지우고 있다.

달무리 깊게 진 어두운 밤
나무기둥 다듬는 장정들의 한숨소리
까칠한 손가락으로 수를 놓으며
못다 잔 잠결, 오매불망 기다릴 아내

슬픔도 기쁨도
불꽃으로 녹아
아롱아롱 주홍빛 꽃 속 새까만 재만 남았다.

슬픔이 진하여
삼월에도 눈이 내린다.
발톱을 세워 찬바람 데불고 와
우리의 정신 위에 울음처럼 내려앉는다.

한국인의 자부심에 조종이 걸리고
우리의 역사에 걸려있는 금줄,
상복처럼
너무도 검은 문…….

휴대폰

김 하 람

(서울문영여자고등학교 2학년)

나비의 날갯짓이 시작된 이른 봄
아버지의 휴대폰에 살았던 적이 있다
작은 액정 속 흐릿한 메시지처럼
아버지의 목소리는 언제나 부재중이었다

'고객님이 전화를 받지 않으시오니…'
낯선 사람의 목소리가 귀를 파고드는 동안
수화기를 잡은 손이 흔들렸다
웃음을 짓던 엄마는 손끝으로
눈가에 고인 그리움을 닦아내셨다
전파를 헤매는 문자 속 나비 한 마리가

아직은 아버지 계신 곳에 닿지 못했는지
날개를 파닥거리다가 거실 한 쪽에서
소리 없이 주저 앉아 있었다
창문 밖엔 부재중의 바람이
삶의 체온으로 이쪽으로 다가오고
나는 수화기 너머에서 들려오는
시간의 멈칫거림에 귀를 기울였다

나비가 갇혀 있는 휴대폰에는
아직도 어머니와 내가
메시지 한 통으로 남아 있다.

꽃을 여행하다

이 강 현

(상무고등학교 3학년)

병원 안,
할머니는 떨어진 꽃잎처럼 누워 있다
엄마 손에 쥐어진 통장의
잔액 란의 몇 안 되는 숫자들은 벚꽃처럼 폈다가 졌다
누구나 한 번쯤은 오지 않는 잠을 억지로 잘 때가 있는 법인데
아버지는 가만히 눈만 감을 뿐 아무 말도 없다
목련꽃이 흩날리는 병원 창 밖 할머니는
목적지까지 제 좌표 찾아 가고 있을까
깊은 잠 속에서
주름 잡힌 구름 위를 두둥실, 걷고 있을까
이제 그만 가야지, 할머니 고민은

시린 겨울을 참아낸 시간들에 녹아
한창인 봄날을 미련 없이 떠날 수 있었을 것이다
한평생 아버지가 머물던 휴양지는 이제 없다
환자복 입은 달이 하늘에 떠 있다
창문 너머로 멀리서
나침반이 알려주는 방향 따라 새들이 날아간다
아버지는 할머니 하얗게 센 웃음에
마지막 플래시 터뜨릴 준비를 한다
산다는 것은 홀로 무전여행을 하듯
꽃길 따라 낯선 여행을 떠나는 것과 같다
살아생전 친구도 없이 집에만 있던 할머니
아직은 쌀쌀맞은 봄을
짐처럼 내려놓은 것이다

복숭아

이 재 형

(인천대건고등학교 3학년)

비탈진 복숭아 밭
만개한 꽃들이 헐떡인다

톱니처럼 울룩불룩한 잎맥을 드러내며
기나긴 세월을 홀로 막았던 걸까
가쁜 숨을 몰아쉬던 열매가
아직 익지 않은 그림자를 사각, 베어 물었다

시큼하게 번지는 바람의 냄새

낡은 소매 속을 훔치던 땀방울이

더운 바람과 함께 붉게 익어 갈수록
말랑말랑해진 몸에서
달큰한 과즙이 흘러 나왔다

사근사근 씹히는 복숭아에 기생하던
계절이 조금씩 잎을 갉아 먹고

흔들리던 가지에 익어가던 열매는
부드러운 바람의 손길에
솜털을 바짝 세운다

후덥지근한 바람이 바스락거리며
복사꽃의 마지막 꽃잎을
툭, 떨어뜨렸다

옥수수 열매

이 필 은

(안양예술고등학교 3학년)

현관 앞에 소포가 도착해 있었다
올해는 풍년이라며 영월에서부터 서울을 찾아온 삐뚤빼뚤한 글씨
상자를 열어젖히자 뚝 반으로 잘린 옥수수들이
누런 이를 드러내고 누워 있다
그때 꼭 물에 틀니를 담가두고 주무시던
할머니의 노곤한 잠이 생각난 것은
잘 기른 옥수수의 고운 결 때문만은 아니다
시골집에 놀러 가면 소쿠리 가득 삶아주시던 옥수수
참 맛이 좋았더랬지
평상에 앉아 호호 불며 앞니로 건드리고 있자면
다칠라, 할머니는 지문이 다 닳은 손으로

옥수수를 뚝 분질러주시곤 했었지
손주들 입 안 가득, 옥수수 씹는 소리 베고
명절 내내 잠 잘 자서 좋다고 뚝 분지르는
아린 마음
그때는 그 마음쯤을 알았을라나
아무리 찰진 옥수수라도 밖에 두면 야물다고, 남은 것
틀니를 입 안에 궁글리며 씹고 곱씹으시던 할머니가 선한데
이 빠진 잇몸을 드러내며 웃으시던 그 얼굴도
소포 안에 고스란히 포장될지 몰라
소포를 다 뜯고 옥수수를 삶고 있자니
기억 속 할머니를 삶고 있는 것 같았지
할머니 틀니를 닮은 옥수수 열매들이 나를 보며
가마솥에 푹 삶은 웃음을 터뜨린다
택배 상자 안 할머니 마음이 쫀득쫀득하다

제일모직

한 기 엽
(송곡고등학교 3학년)

보푸라기 폴폴 날리는 동대문 상가
책꽂이에 꽂힌 책처럼 다닥다닥 붙어있는
상가들의 셔터 올리는 소리가 분주하다
'제일모직 직물점' 간판으로 아로새긴
아버지의 가게 안, 손때 묻은 흔적들이 쏟아진다
천장에 홀로 매달린 선풍기의 바람으로
닿지 않는 곳이 없는 공간,
사각 방 안에는 책처럼 꽂혀있는 원단이
아버지를 에둘러 싸고 있다
생년월일을 알 수 없는 낡은 책상은
허기진 계산대를 짊어지며 그 위에서

원단을 읽어내는 아버지.
좌판 펼치듯 책상 위로 널브러진 원단 조각들이
가위질에 홑무늬를 입으며 서걱인다

각각의 색을 품은 원단마다
아버지의 수많은 이야기가 말려 있었을까.
지나가던 손님들이 상가로 발을 딛을 무렵
빛깔 좋은 원단의 구절을 읽어내는 아버지
손님은 상가로 된 책장 속을 헤매다
이따금 '제일모직 직물점' 간판을 더듬거릴 때,
늘 제일이고 싶었던 아버지의 책갈피는
오랫동안 누구도 꺼내 읽어보지 않은 듯
먼지가 간판의 'ㄹ' 위로 켜켜이 내려앉아
'제이모직 직물점'이 되어버린 지 오래다
밤을 말아 올릴 무렵, 색색의 원단 속에서
꾸벅, 고개를 떨구며 조는 아버지가 보인다.

노인의 안경

이 정 환

(고양예술고등학교 1학년)

낡은 가로등에서 토해내는 어스름한 빛이 가득한 황혼녘
덜컹거리는 수레를 끌던 노인이 안경을 치켜세운다.
유리잔에 물방울 맺히듯 궁굴게 모여 가는 땀방울 때문인지,
눅눅한 습기가 가득한 차가운 공기 때문인지
노인의 안경은 그가 밀고 가는 손수레 바퀴처럼
미끄러지듯이 콧잔등 위에 매달려 있다.
언젠가부터 노인은 모든 것을 크게 볼 수 있게 되었다.
사소한 폐지부터 이따금씩 모여 있는 유리병들까지
없는 것 빼곤 다 있다는 재활용 수거함들을
유리 렌즈 속에 담고 있는 안경 때문이다.
하지만 노인의 다리는 안경다리처럼

자주 접히기 일쑤였고
켜켜이 먼지가 쌓인 렌즈의 모습마냥
노인의 얼굴에는 검은 때들이 가득했다.
두 눈을 끔뻑이며 새벽을 휘젓는
그의 안경은 오늘도 뜬 눈으로 밤을 지새운다.
아마 안경이 아직도 매달릴 수 있는 이유는
다시 재활용 될 수 있을 마지막 희망을 위해
안간힘을 쓰고 있는 그의 모습을 알고 있기 때문일 것이다.

고향

류 동 인
(경주고등학교 2학년)

그에겐 사시사철 찬바람이 찾아온다
그 어릴 적엔 느껴보지 못한
매정한 추위가 오늘도 이빨을 세우고
외로운 늙은이를 얼어버린
기억의 우물 속으로 몰아세운다

산골 어느 깊은 곳
푸석푸석한 지푸라기
이리저리 긁어모아
툭하니 머리에 덮어씌운 듯,
옹기종기 모여 앉은 초가집들의

털털한 웃음소리가
쉬어가는 따스한 햇살에 녹아든다,

어느 배고픈 아이는
뒷집 대추나무할매한테 달려가
할매주름 만치 쭈글쭈글한
대추 한 알 앙 베어물고
할매 무릎에 앉아 붉은 대추처럼
발그레 홍조를 피우고

이리저리 흔들어 제끼는
송아지 꼬리가 신기해
슬그머니 손을 뻗다
되려 짝하니 얻어맞은
작은 아이의 놀란 울음이
작은 메아리가 되어 앙앙거린다

고요히 손을 맞잡고
흐르는 시간의 소리를 즐기는
푸른 할배 나무들이 잠든 숲속에
엄니 몰래 새까만 머루를 따다
제 입에 한 움큼

양손에 엄니꺼 동상꺼 한 움큼씩 쥔 채
호랭이 튀나올라
콩닥콩닥 뛰던 가슴도 뒤로 하고
조그마한 손바닥에 숨겨진 머루
알알이 느끼며
베시시 웃는 아이

새하얀 김 뿜어내는 가마솥
앞에 쪼그려 앉아
감자 찌던 엄니 옷자락 끌어댕기며
엄니, 엄니, 요거 요거좀 봐아 하고
강아지마냥 발을 동동 구르며
머루 한 움큼 내밀면
이눔아, 또 산에 갔디야?
뱀이가 너 물어 가면 우짤라구?
나무라는 엄니의 걱정어린 미소

아이는 서운해 울상 짓지만
재빨리 머루 한 움큼 해치운
동상의 푸르댕댕한 혓바닥 보고서
금세 깔깔깔 웃는다

아이의 웃음과
영문도 모른 채 같이 웃는
막내를 보며
엄니가 살며시 미소 짓는 것을
아이는 분명 보았다

얼어버린 기억의 우물이
똑딱이는 시계 소리에 부서진다
어느새 어머님보다
더 커져버린 손바닥을
물끄러미 바라본다
이제 그 위엔 머루가 없다

세월이 흘러 거친 굳은살이
한겹 한겹 더해갈수록
북(北)의 어느 산골은
자꾸만 멀어져 가고
남(南)에 떨어진
다 늙은 이 몸뚱아리는
삐그덕— 삐그덕—
낡아빠져 뼛마디가
자꾸만 울어댄다.

이젠 조그마한 아이가 아닌
황혼에 떨어져가는 육신이지만은
주름져 축 처진 두 눈꺼풀
비집고 흐르는 그것에서
그는 다시금 아이가 되어
북쪽의 어느 송아지
게으른 울음을 우는 산골을 누비며
콩닥이는 가슴과
손안의 그득한 것들을 느끼곤
배시시… 웃고 있었다.

호우주의보

이 연 경
(사파고등학교 2학년)

하늘과 땅 무너진 경계 너머
낯선 길들이 떠내려 가고
흙이 패인 나무는
보이지 않는 내부의 견고한 힘으로
제 몸을 지탱한다
젖은 잎새들
둥둥 떠다니는 무기력한 일상, 휘두르며
천둥이 내려친다 위험한 시야마다
부력처럼 떠오르는 집요한 기억들
젖어서 더 젖지 않는
열 몇 해의 접혀진 손금을 편다

불어난 강물은 제방을 넘고
허술한 풀뿌리와 돌들을 데리고
급히 흐른다
이루어지지 않는 몽상을 좇아 서두르는
내 모습처럼
달리다가 바다에 닿고
하늘에 닿았다가 다시 비가 되어
돌아온다

비는 역류를 꿈꾸지 않는다
그치면
흙진창 된 우산 제 자리에 보관되고
한꺼번에 열리는 창문 너머
세상은 눈물 뒤의 개운함으로
말끔하게 정돈된다

달빛이 무너져 내린다

고 영 경

(수피아여자고등학교 3학년)

1.

성냥갑처럼 다닥다닥 붙어있던
지붕이 낮은 집들
파란 대문이 무너지고 달동네가 무너졌다
낮은 하늘에 번지는
노을처럼 천천히 다가오는 포클레인
동네 철거 결사반대 플래카드는
짓이겨져 땅바닥을 힘없이 굴러다녔고
깽깽거리던 꽹과리는 흙 속에 파묻혔다
달동네 주민들은 커져가는 굉음에

저녁 해처럼 기울어가는 터전을 뒤로 하고
길을 나섰다 그들의 머리 위로
고개 숙인 달이 서서히 뜬다

2.

불도저가 지나간 자리는 깨끗했다
평평한 부지 위에 선 남자
곧 세워질 아파트의 모습을 이곳에 담는다
트렌드에 걸맞게 솟아가는 아찔한 높이
호수와 놀이터는 여기가 좋겠군
전염병 퍼지듯 멀리 퍼지는 투기 열풍은
이 친환경 아파트의 새로운 패키지 상품
짜릿한 웃음이 입가에 걸린다
귀가하는 자동차 엔진소음처럼
저녁을 울리던 공사판소리
쥐색 하늘에 걸쳐진
달이 무너졌다

3.

아무것도 없다
밤하늘 헐린 자리엔 별도 뜨지 않았다
철근이 구석에 쌓여있고

주인 없는 공사차량만 세워져 있을 뿐
주민들의 것은 없었으므로
조각달이 한쪽으로 잔뜩 기울어 있었다

텔레비전 앞에서

권 성 실

(점촌고등학교 3학년)

희뿌연 먼지와 굉음 그 앞에서 우리는
깨진 화염병을 손에 들고
여기저기 피가 괸 파리한 얼굴로
보금자리가 무너지는 것을 보았다
얼어붙은 발걸음을 겨우 겨우 떼어
하염없이 무너지는 둥지를 뒤로 한 채
아픈 모래먼지를 일으키며 걸었다
누구도 입을 열지 않았다
누구도 눈물 한 방울 흘리지 않았다
다만 시장 깊숙이 들어가
약속이라도 한 듯

더운 밥 한 그릇씩을 시켰다
구수한 기름내 훅 끼쳐도
입에 침 한 방울 고이지 않아 텔레비전 앞에 넋을 놓았다
나레이터는 지구가 더워진다 하고
거대한 빙하는 무너져 내리는데
펭귄 한 마리의 얼굴이 화면 가득 찼다
무너지는 보금자리를
녀석은 넋 놓고 보고 있었다
우리는 텔레비전 앞에서
다시 한 번 얼어 붙었다
이 땅덩어리는 따뜻해진다는데
녀석과 우리의 맘은 너무도 추워진다

비닐하우스

박 미 진

(부평여자고등학교 3학년)

1.

따가운 가을 햇볕이 내리쬐는 하늘 아래
스산한 기운이 감도는 비닐하우스 안
상추들의 집터였던 곳으로
태풍의 발자국이 성큼성큼 찍혀 있다
바람에 비닐이 벗겨진 탓일까
하우스의 철골이 훤히 드러나 있다
한편에 버려져 무당벌레 같은
물방울들이 굴러다니고
할머니가 쓰던 호미와 낫들이 붉게 녹슬어 있다

앙상한 비닐하우스 주변을 어슬렁거리는
옆집 누렁이만 컹컹 짖어대고 있다

2.

외풍 부는 안방 안, 앙상하게 뼈만 남은
할머니가 옅은 숨을 내뱉으며 누워있다
자식들을 품고 살았던 시간들이 욕창처럼 서려있다
눈 밑의 주름들이 그녀의 生을 그리고,
보지도 않는 텔레비전만 윙윙거리는
늘어난 내복 위로 도드라진 등뼈 그림자가
훤히 드러나 있다, 벌레기침만 내뱉으며
숨을 헐떡이는 할머니의 숨결이 비닐처럼
펄럭거리는 것 같았다

3.

한 채의 비닐하우스가 되어
마른 땅에 우뚝 박혀버린 할머니
매서운 비바람을 맞딱뜨린 삶은 온통
만신창이로 변해있다
찢어진 비닐 같은 그녀의 마음속은
비닐 사이로 알알이 맺힌 물방울로 눈시울을 적실 뿐
언제 태풍이 왔냐는 듯 맑게 갠 하늘을 품고

봉분이 된 할머니의 무덤은 굽은 등뼈처럼
앙상하게 남아 있다, 비닐하우스 너머로 보이는
할머니의 집 한 채에 한줄기 빛이
스며들고 있었다.

바다

박 은 현

(안양예술고등학교 3학년)

붉은 대야에 게무덤 쌓아 올린다
보도블럭 위, 대나무 방석에 앉아
갯벌 내음을 풍기는 할머니
소래포구에서 갓 잡아와
싱싱하다는 할머니의 말에는
발목을 적시는 파도가 실려 있어
누구나 발을 멈추게 된다
가끔씩 게거품을 물며 찾아오는
악덕업자들은 할머니의
딱딱한 등을 발길질하고
할머니는 고통을 느끼지 못하는

갑각류처럼 얼굴에 일렁이는
빛 하나 보이지 않는다
한없이 옆으로만 가는 게처럼
꿋꿋이 한 길만 걸어온 할머니
게처럼 무엇이든 잡고 싶었던
손이 탁탁 게를 쌓아 올린다
저녁 어스름이 내려앉자
오늘도 다 팔지 못한 게들이
담긴 대야를 들고 도로를 건너는 할머니
차들이 뱃고동소리를 울리며
할머니의 걸음을 재촉한다
엉금엉금 옆으로 제 길을 찾는 게처럼
할머니가 걸어간다
소래포구의 밤바다처럼 검푸른 하늘 아래,
보도블럭 밑으로 바다가 흐른다

수목장

반 진 영

(구리고등학교 3학년)

서로 다른 이력들이 하나의 숨을 쉰다

나무들의 호흡이 부대끼는 양평수목장
가루가 된 사람들은 너도밤나무의 뿌리에 심어진다
그루터기처럼 잘려진 사람들의 이력은
조문객들의 발 뒤로 흥건함을 떨어뜨리고
흥건함에 적셔진 사람들은 나무가 된다

무엇이 그렇게 아프게 했던 것일까
틀니 낀 잇몸으로 중얼거리는 시어머니와
부엌에서 푹 꺼진 얼굴로 파전을 지지는

며느리의 알 수 없는 표정들,
지붕을 짊어진 아버지와
꽃무늬 바지를 늘어뜨리며 바가지를 긁는
어머니의 '사랑과 전쟁' 같은 이야기
끊임없이 부딪치며 서로에게
옹이를 심어주었던 그들의 가지치기,

거름 같은 기억들이 흩뿌려진다
땅 쪽으로 박아내린 사람들의 뿌리
이젠 더 이상 가지치기를 하지 않는다
뿌리로 호흡이 뭉쳐진다
가지에 맺힌 쓰린 옹이들이
너도밤나무의 호흡에 잘려나간다.

해남바다

서 덕 준

(전남고등학교 3학년)

해남바다,
70년 바다색 닮은 인생을 등지고
해남바다가 좋아서
성탄제 눈 없는 뼈 시린 새벽밤에
배도 없이 맨발을 담그며 검은바다로 가셨다.

눈이 시린 건지 가슴이 시린 건지
앞도 못 보고, 못 보고
그저 파낸 흙을 눈 비비며 바라보다가
어느새 고개 숙여 볼 정도로 깊은 곳에
고요히 들어앉은 관

그 위에 흙 한 줌 뿌리고, 뿌리고
말 없이 돌아온 그날 밤.

나 홀로 맨발로 바다에 갔다.
70년 냄새 배인 검은 바다를 붙잡고
차디찬 밀물을 밟으며 울었다.

할아비 잘 있다,
한 마디만 해주지.

내 서러운 울먹임도 못 듣는
찬 밀물 같은 내 눈물도 못 닿는
머나먼 수평선 너머로 가셨다.

해남바다,
그 곳에 가면
70년 냄새 배인 또 하나의 찬란한 바다가 보인다.

토기

이 상 현

(안양예술고등학교 3학년)

고령 대가야 박물관
가야금 연주 울리는
벚꽃나무 스피커 아래
쓰레기통 된 토기가 있다
주차정리요원은
타다 남은 담배꽁초를 던졌다
가끔씩 날아오는 산까치들
머리를 박고 과자 부스러기를 집어먹었다
지난 여름
범람한 낙동강 하류에서
진흙 묻은 금관이 발견되었을 때에도

토기는 담배 연기 내며 웅성거리고 있었다
아스팔트 바닥에 어둠이 깔리면
고분벽화에 그려진 농사꾼들
토기에 다 탄 보리 낟알 뿌리고 갔다
말안장에서 내려온 무관은
빗살무늬로 이천 년 전 날짜를 기록했다
박물관 정면에 걸려있던 구리갑옷처럼
토기는 천천히 금이 갔다
매표소 창문이 닫힌다
벚꽃나무 흔들릴 때마다
토기 안에 떨어진 벚꽃잎
대장간에서 막 나온 화살촉 되어 빛났다
별들은 토기 위 밤하늘에 박혀
이천 년 동안 가야금 연주 듣고 있었다

제2부
산문부문 당선작품

신록의 향연

홍 종 훈

(설화고등학교 1학년)

긴 겨울 혹한을 훌훌 털어 내고 얼음장 밑으로 봄이 찾아왔다. 간혹 3월의 꽃샘추위로 때 아닌 눈발이 흩날리기도 하지만 봄 햇살을 당해내진 못한다. 먼 산에 보이던 희끗희끗한 잔설도 봄바람에 이내 자취를 감추고 만다.

얼어붙은 전설을 깨우듯 겨우내 적막하던 산을 깨우는 것은 계곡의 맑은 물소리다. 험준한 산과 깊은 골짜기를 굽이굽이 돌아 흐르는 물은 지나는 골목마다 양분을 제공하며 동면에 취한 생명체들을 흔들어 깨운다. 그것은 분명 살아있는 모든 생명을 잉태하는 고귀한 생명수임에 틀림없다.

긴 겨울을 꿋꿋이 이겨내고 꽁꽁 언 대지를 뚫고 돋아난 새싹들은 봄을 알리는 청신호다. 새 생명의 합창에 사방은 온통 봄소식으로 술렁인다. 언 땅을 박차고 발아한 새싹들은 봄의 싱싱한 생명력을 폭포수처럼 연신 쏟아낸다. 겨우내 삭막했던 무채색 공간에 초록빛 물감을 토해내면 온 세상은 이내 생동감으로 용트림한다. 초록은 기나긴 기다림으로 겨울을 이겨낸 자연이 준 인고의 값진 선물이다.

남녘으로부터 전해오는 노란 유채꽃은 봄의 전령사다. 개나리, 진달래, 목련도 다투어 봄소식을 전하기에 분주하다. 온 산을 분홍빛으로 물들인 진달래는 붉은 양탄자를 깔아 놓은 듯 아름답고, 들에는 노란 개나리가 지천으로 흐드러지게 피어 우리의 봄 정서를 대변한다. 봄 햇살의 온기가 몸과 마음을 감싸고 상큼한 봄 공기는 마음까지 정갈하게 비워낸다. 봄을 싣고 오는 봄 공기는 아무래도 온화하고 달콤하다.

봄꽃을 피우고 싶어 봄 앓이를 하는 나무처럼 나도 밤새 봄앓이를 하며 뒤척였다. 산과 들, 정원에 봄꽃들이 다투어 피어나는 화사한 봄날, 달콤한 봄 내음이 솔솔 코끝을 파고든다. 그 향기에 취하여 깊은 심호흡으로 연신 봄 향기를 들이켜 본다. 싱그럽고 상큼한 봄 내음이 온몸으로 전해져 마음까지 상쾌해진다. 짙은 향내는 겨드랑이를 후벼 파고 온 세상을 깊고 고요한 향기로 채운다. 나뭇잎도 돋아나는 자극이 간지러운 듯 숨죽여 웃는다. 이렇듯 봄의 정서에 물씬 빠져들다보면 문득 봄노래 한 소절을 흥얼대고 싶어진다. 아니 어릴 적 동요라도 읊조리고 싶어진다.

"푸른 바다 건너서 봄이 봄이 와요. 제비 앞장 세우고 봄이 봄이 와요."

새날이 밝아오면 숲에는 아침 햇살이 연초록 둥지를 틀기 시작한다. 도처에서 숲을 살찌우는 광합성 작용이 시작된 것이다. 숲이 생명을 품고 그 안에서 꽃과 나무와 새들이 살아감은 우리에게 많은 깨우침을 준다. 그 속엔 서로의 부족함을 감싸고 이해하며 배려하는 공존의 질서가 숨쉬고 있기 때문이다. 눈부신 초록은 감미로운 노래처럼, 은은한 향기처럼 온 세상 속으로 파고든다. 시작과 끝을 알 수 없이 펼쳐진 초록의 바다! 바다! 불현듯 왔다가 잠시 머물다 가고 마는 세월의 밀물과 썰물이 우리의 인생과 닮아

서일까, 초록은 우리에게 많은 가르침을 준다. 이 모두가 자연이 만들어 준 소중한 선물이다. 숲을 지키고 살아가는 초록은 일상과 통하는 또 다른 세상으로 열려 있다. 자연엔 이렇듯 세상을 살아가는 순리가 담겨 있다.

봄은 농촌의 들녘에도 어김없이 찾아왔다. 봄 햇살을 듬뿍 머금은 논둑과 밭둑, 눈길이 와 닿는 곳마다 아지랑이가 아롱이며 새봄을 노래한다. 만물이 약동하는 모습에 절로 흥이 나서일 게다. 나물 캐러 나온 동네 아낙의 모습에도 봄 내음이 짙게 묻어 있다. 냉이의 앙증맞은 흰 꽃이 옹기종기 모여 앉아 환한 미소로 눈 맞춤하고 쑥과 씀바귀가 잃었던 입맛을 자극한다. 문득 어린 시절 나물바구니를 들고 할머니 꽁무니를 좇아 논두렁과 밭둑, 산자락을 쏘다니던 날이면 된장 짙게 푼 냉이 국을 맛있게 먹던 추억이 엊그제 일인 양 그리워진다. 이럴 때마다 사무치게 어린시절에 대한 그리움이 밀물 되어 밀려온다.

겨우내 한파에 시달려 웃자란 잎 끝이 노랗게 죽어가던 보리도 본래의 초록빛을 되찾았다. 얕게 뿌리를 둔 질긴 생명력은 생명에의 경외감을 느끼게 한다. 농사 준비가 한창인 논과 밭에선 지난해 농사의 잔해를 태우는 연기가 모락모락 피어오른다. 부지런한 농촌의 한 해가 시작되었다는 신호다. 산비탈 굽고 경사진 밭에는 노구에 어눌한 몸놀림으로 밭갈이하는 촌로의 소 모는 소리가 높아만 간다. 트랙터와 경운기가 지천인 21세기 과학 영농의 시대에 아마도 이 시대에 마지막 전통 농경의 모습이 역사의 뒷전으로 밀려나는 소리일 게다. 농촌의 들녘을 응시하다보면 땅의 진실만을 믿고 한 평생 우직하게 농촌을 지켜온 등 굽은 촌로가 농심을 일깨워 준다. 얄팍한 이해타산에 혈안이 되어 부귀영화만을 좇는 오늘의 세태에 일침을 가하며 묵시적인 교훈을 준다.

맑은 봄날엔 장 담는 냄새가 온 마을에 진동했다. 간장 독 위에 떠 있는 숯과 고추의 비밀이 궁금하던 어린 시절은 고추장 재료인 흰 백설기가 귀한 주전부리 밑천이 되곤 했다. 햇살 좋은 장독대 위에 올망졸망 늘어선 장독은 숨바꼭질하던 동심이 숨쉬던 놀이터였다.

저녁이 되어 어둠이 밀려오면 온 종일 봄의 생명을 키워내던 숲은 다시 깊은 잠에 빠져든다. 지친 자연은 오늘보다 생동감 있는 내일을 기약하며 잠시 짧은 휴식을 갖는다. 자연은 어느 누가 소유하지 않고 함께 공유하는 것! 묵묵히 억겁의 세월이 만들어낸 자연의 품안에서 심신의 화평을 찾으며 스스로 너무나 미약하고 초라한 모습에 숙연해짐을 느낀다.

이런 봄날, 나는 진정 행복감을 느끼곤 한다. 봄은 신록의 아름다움과 내가 하나가 되는 일체감, 만족감을 가져다주기 때문이다. 봄은 나에게 희망을 준다. 희망은 우리의 삶을 지탱해주는 원동력이다. 오늘과 또 다른 빛나는 내일을 기약할 수 있기 때문이다.

매미의 여름

장 희 정

(마산제일여자고등학교 3학년)

펜을 꾹 잡고 있던 내 손바닥에서 끈적끈적한 땀이 배어 나온다. 나는 쥐고 있던 펜을 내려놓고 찹찹한 방바닥에 드러누워 버린다. 숨이 턱턱 막힐 듯한 더위는 어느덧 8월의 중턱을 향해 내달리고 있다. 가만히 앉아 있는 것조차 힘겨워지는 더위다. 방바닥에 닿은 내 등에 꿉꿉한 땀이 맺힌다. 움직이기조차 귀찮아 그냥 두 눈을 감아버린다. 몸속에서 모든 기운들이 쭉 빠져나가는 것만 같다. 점점 내 의식은 흐릿흐릿해져 간다. 또렷이 들리던 시계초침소리는 어느덧 흐물흐물한 아지랑이가 되어 내 귓구멍을 맴돌고 있다. 내 몸은 돌덩이에 칭칭 감겨 끝을 알 수 없는 고요한 세계 속으로 침몰돼가고 있다. 저 고요한 세계의 바닥에 내 의식이 막 닿기 시작했을 무렵, 처절한 울음소리 하나가 고요함을 깨뜨리며 나를 다시 어지러운 현실 속으로 던져놓는다. 감았던 두 눈을 번쩍 떠 고막을 갈기갈기 찢어놓을 것만 같은 울음소리의 출처를 향해 시선을 던진다. 그 울음소리의 주인공은 다름 아닌 한 마리의 매미다.

　매미의 울음소리는 언제나 예상치 못한 시점에 갑작스레 나타나 날 당황하게 만든다. 그리고 지금도 내 손바닥보다 작은 매미는 온 세상을 집어 삼킬 듯이 울어대고 있다. 기계처럼 딱딱하고 건조한 울음소리. 어쩌면 저 매미의 울음엔 아무런 감정도 배어 있지 않을 수도 있다. 하지만 왜 그 소리를 가만히 듣고 있다 보면 내 가슴 속은 먹먹해져 있는 걸까. 차라리 저렇게 소리 내어 울부짖을 수 있는 저 매미가 부럽다고, 나도 딱 한번만 저 매미처럼 처절하게 몸부림쳐 보이고 싶다고.

　저렇게 목 놓아 엉엉 울어본 적이 언제였던가. 아마도 그건 따뜻하고 포근한 엄마 뱃속에서 세상을 향해 막 나왔을 때, 엄마의 양수가 아닌 차가운 공기 속에서 힘겹게 발버둥쳐 보였을 때라고 나는 생각한다. 그 이후로 나는 어쩌면 울음을 꾹 참으며 살아왔는지도 모르겠다. 지금까지도 그래왔고 지금도 그렇고, 눈물이 혹시나 갑작스럽게 터져나올까봐 목구멍이 따끔거릴 정도로 울음을 참고 있는 초라한 내 모습을 보면서 나는 느낀다. 앞으로도 나는 소리 내어 엉엉 울어볼 날은 없을 거라고.

　내 방을 향해 투닥투닥 뛰어오는 작은 발소리 하나가 내 고막을 쿵쿵 울린다. 나는 반사적으로 몸을 일으켜 내 방으로 향해오는 그 발소리에 온 신경을 집중한다.

　투닥투닥…. 그 아이의 발소리는 늘 불규칙하지만 일정하다. 창문을 두들기는 빗소리 같기도 하고 늦은 밤 몰래 집 안으로 침범한 도둑의 발소리 같기도 하고. 투닥투닥 뛰어오다 우뚝 멈춰서고 또 그러다 살금살금 내 방문을 향해 조심스럽게 다가오는 그 아이의 발소리. 그 아이는 내 방을 향해 슬금슬금 기어오고 있다. 마치 비온 뒤 물기가 증발되어 가고 있는 땅위로 습습한 흙구덩이를 찾기 위해 기어가는 한 마리의 가엾은 지렁이처럼.

외로움에는 뼈가 있다. 그건 정말로 외로움을 느껴본 사람만이 안다. 외로움이 사람을 마냥 움츠러들게만 하는 게 아니라, 때에 따라선 성숙하게 한다는 것을 나는 알고 있다. 나의 성장은 외로움과 맞물려 이루어졌다. 정확히는 기억할 수 없지만, 아마 내가 여덟 살이었던 해부터였을 것이다.

난 여덟 살 전의 일을 잘 기억하지 못한다. 아빠가 그러길 원했고, 입 밖으로 내진 않았지만 그 여자도 그걸 은근히 내게 종용하고 있었다. 자신이 엄마라고 불리길 바란 그 여자는 내 모든 기억이 자신을 만난 순간부터 시작되길 바랐다. 아빠가 여덟 살 전까지의 사진과 내가 갖고 놀던 장난감을 모두 버려버린 후 난 여자가 주는 장난감만 갖고 놀며 자랐다. 밥을 먹을 때도, 잠을 잘 때도 여자는 거머리처럼 내 곁에 달라붙어 떨어지지 않았다.

그로써 지금의 난, 엄마 행세를 하고 싶어 안달이 난 그 여자 전에 내게 진짜 엄마가 있었다는 사실을, 내가 엄마라고 부를 수 있는 사람은 오직 두툼하고 따뜻한 손을 가진 친엄마밖에 없다는 사실을 제외하고 모든 것을 잊어버렸다.

초등학교에 처음 입학했을 때에도 그 여자는 내 손을 꼭 잡고 입학식에 참가했다. 그리고 초등학교를 졸업할 때에도 그 여자는 엄마라는 사람으로 내 옆에 있었다. 길었던 머리를 싹둑 자르고 중학교에 입학할 때에도, 그리고 중학교를 졸업할 때에도, 그 여자는 꽃다발을 들고서 내게 찾아왔다. 어릴 때는 몰랐는데 점점 머리가 굵어질수록 그 여자의 그런 행동들에 거부감이 들기 시작했다. 내 진짜 엄마도 아니면서 그 여자는 날 '우리 딸, 우리 딸'이라고 불렀고 그럴 때마다 내 온몸은 부르르 떨려오는 것만 같았다.

학기 초가 되면 항상 학교에서 나눠주는 가정조사서. 나는 언제나 그 종이를 받아들고서 내 진짜 엄마를 그리워했다. 그리고 모든 칸을 빽빽이 채우고 나서도 나는 엄마이름을 적어야 하는 칸만 비워놓곤 했었다. 도저히 그 곳에 그 여자의 이름을 쓸 수가 없었다. 하지만 그 여자는 그런 내 마음을 일부러 모른 척이라도 하듯이 볼펜으로 자기 이름을 크게 적어버렸다. 그렇게 해서라도 그녀는 내게 자신이 나의 엄마라는 사실을 깨닫게 해주고 싶었던 것이었다.

중학교 2학년 때, 나 역시 다른 아이들처럼 사춘기를 겪었었다. 세상 모든 것들이 삐뚤하게만 보였고 날 화나게 만들었다. 학교도 마음대로 결석해버리고 학원도 빼먹고 틈만 나면 친구들과 시내를 돌아다니며 놀기만 했었다. 그리고 그 여자는 그런 나를 점점 감당할 수 없다는 듯 밤마다 아빠 앞에서 눈물을 보였다. 자신 때문에 내가 더 삐뚤어지는 것 같다며 이젠 정말 자신이 없다고. 그 여자가 그런 말을 할 자격은 없었다. 당신이 내게 언제 한번 따뜻한 말 한마디 해준 적 있느냐고, 겉모습만 엄마 행세를 할 뿐이지 정말 마음속까지 날 당신의 딸로 받아 준 적이 있었느냐고, 마음 같아선 그렇게 따지고 싶었지만 난 꾹 참았다. 그 여자에게 진짜 딸 대접을 받기도 싫었을 뿐더러 그 여자는 내 진짜 엄마가 아니었으니깐.

아빠 손에 이끌려 이 집으로 들어온 뒤부터 지금까지 아빠는 내게 진짜 엄마 얘기를 한 적이 단 한 번도 없었다. 오히려 그게 더 나을지도 몰랐다. 아빠는 엄마를 모두 잊은 것만 같았고, 나 역시 그런 아빠에게서 엄마이야기를 듣고 싶진 않았다.

누군가가 내게, 눈앞에서 멀어지면 마음에서까지도 멀어진다는 말을 한 적이 있었다. 하지만 나는 그 말을 믿지 않았다. 내게 좋은 엄마 노릇을 하기 위해 마치 잘 조립된 기계처럼 행동하는 그 여자를 보면서도 느꼈고, 애초에 내 진짜 엄마 따윈 존재하지 않았던 것처럼 그 여자와 지내는 이 시간이 그의 전부인 듯 행동하는 아빠를 보면서도 느꼈다.

눈앞에서 멀어진다 하더라도 마음에서까지도 멀어질 수 없다는 것을. 내 머릿속에서 내 진짜 엄마를 모조리 지우기 위해 애쓰는 그들의 모습을 보면서 더더욱 이를 악물었다. 엄마의 얼굴을, 엄마의 그 마지막 흔적까지도 잊지 않기 위해 나는 희미해져버린 엄마와의 추억들을 악착같이 기억하고 또 기억했다. 내 눈앞에서 엄마를 떨어뜨려놓을 수는 있었으나 그들은 내 마음속에서까지 엄마를 지워낼 수는 없었다.

방문이 삐거덕 하고 조심스럽게 열리더니 이내 그 아이가 조금 열린 문틈 사이로 고개를 쏙 내민다. 나는 방바닥에서 벌떡 일어나 다시 끈적끈적한 책상 앞에 앉는다. 애써 그 아이의 시선을 외면하며 아까 내팽개쳤던 연필을 집어 든다.

"누나!"

그 아이의 경쾌한 목소리가 내 고막을 찌른다. 나는 못들은 척 스탠드 옆에 쌓인 문제집들을 이리저리 뒤척인다. 문제집 위에 쌓인 뿌연 먼지들이 푹푹 휘날린다. 날 빤히 쳐다보는 그 아이의 까만 눈동자. 꼭 그 아이의 시선은 애벌레가 되어 스멀스멀 목덜미를 타고 내 온몸에 퍼지는 것처럼 내 등허리를 간질간질 간질인다.

"누나!"

내가 자신의 목소리를 못 들었을 거라고 생각한 그 아이는 이번엔 아까보다 더 목구멍에 힘을 주어 또랑또랑하게 '누나!'를 부른다. 하지만 나는 절대 뒤돌아보지 않는다. 왜냐하면 난 그 아이의 누나가 아니니깐. 아까 풀다 만 수학 문제에 다시 집중하기 위해 나는 책상 앞으로 의자를 바짝 잡아당겨 앉는다. 이 루트 삼 곱하기 사 루트….

"누나!"

"누가 니 누나야! 짜증나게 하지 말고 나가!"

결국 터져버리고 만다. 그러니깐 왜 자꾸 사람을 귀찮게 하는 거야. 홱 몸을 비틀어 그 아이를 향해 버럭 소리를 지르자 그 아이는 곧 울먹울먹거리며 날 애처롭게 바라본다. 난 아무 잘못 없다. 처음부터 날 귀찮게 한 건 저 아이니깐. 그렇게 난 스스로를 합리화시키며 다시 수학 문제풀기에 집중한다. 그리고 조금씩 아주 조금씩, 그 아이의 흐느끼는 소리가 내 등 뒤로 들려온다. 그 아이의 울음소리는 밖에서 들려오는 저 매미울음처럼 크지 않다. 엉엉 떼쓰며 우는 울음도 아니고 고래고래 소리를 지르며 발악하는 울음도 아니다. 그저 조용조용 어깨를 들썩이며 흐느끼는 정도다. 아홉 살짜리 꼬마아이치고는 좀 차분하고 성숙한 울음이랄까.

나는 저 아이의 울음소리가 싫다. 저 아이의 울음소리를 들을 때면 언제나 희미한 아픔이 존재하는 내 여덟 살 전의 기억 속으로 맥없이 던져진다. 조금은 익숙한 듯 하면서도 어딘가 모르게 어색한 울음소리. 저 아이의 울음소리는 누군가의 울음소리와 닮아 있다. 그 울음의 주인공이 내 친엄마라는 사실이 못내 찝찝하기는 하지만 어쨌든 난 저 아이의 울음소리를 들을 때면 언제나 친엄마의 얼굴을 떠올리곤 한다. 늦은 밤, 깜깜한 부엌에서 들려오던 친엄마의 서러움이 얼룩진 울음소리. 어린 시절 나는 늘 엄마의 서러운 울음소리를 들으며 밤을 지새워야 했다. 자장가같이 친숙하기도 하면서 한편으론 온몸을 부르르 떨게 하는 처량한 울음소리였다. 어쩌면 나는 저 아이의 울음소리가 싫은 것이 아니라 저 아이의 울음소리에 친엄마를 그리워하는 내 모습이 싫은 것인지도 모르겠다.

"두 달이면 된다. 두 달 동안 니가 동생 잘 챙겨줘."

그동안 새엄마라는 여자의 할머니 댁에서 지냈다는 그 아이. 몸이 별로 좋지 않아 지금껏 시골에서 지내다가 곧 큰 수술을 받기 위해 이곳으로 잠깐 온 것이라고 아빠는 내게 말했다. 그 아이가 어디서 튀어나온 건지는 내게 중요하지 않았다. 그 아이가 바로 내 새엄마라는 여자의 아들이라는 사실이 내겐 더 중요했다.

얼굴은 어찌나 하얀지 창백하다고 느껴질 정도였다. 아홉 살이라는 그 아이의 몸집은 또래아이들보다 왜소했고 쌍꺼풀은 짙었다. 짙은 갈색으로 찰랑거리는 머리카락은 그 아이가 고개를 끄덕일 때마다 바다 위의 잔잔한 물결처럼 출렁출렁거렸다. 보호해야만 할 것 같고 감싸주어야만 할 것 같았던 아이. 그것이 바로 내가 본 그 아이의 첫 인상이었다. 아빠의 품에 꼭 안겨 현관문을 들어서며 그 아이는 날 향해 작은 입술을 달싹이며 낯선 단어를 내뱉고 있었다.

"누나."

그리고 순간 어색한 정적이 흘렀다. 나는 그 때 처음으로 온몸이 딱딱하게 굳어진다는 느낌을 알게 됐다. 머리부터 발끝까지 단단한 철사로 꽁꽁 묶어 놓은 듯한 느낌. 이곳을 당장이라도 벗어나고 싶은데 몸이 움직여지지가 않아 속으로 몸부림치는 답답한 느낌. 그리고 나는 그 때부터 그 아이를 노골적으로 싫어했다. 처음 보는 내게 '누나'라는 호칭으로 자신과 함께 묶어 놓는 그 아이가, 꼭 내 엄마도 아니면서 '엄마'라는 호칭으로 날 감싸고 도는 그 여자와 닮은 듯한 느낌이 들었기 때문이었다.

그 아이는 마치 그림자처럼 날 쫓아 다녔다. 밥을 먹을 때도 화장실을 갈 때도 '누나, 누나' 그 어색한 호칭을 재잘거리며 내 뒤를 졸졸 따라다녔다. 난 그런 그 아이가 귀찮기도 했지만 무엇보다도 그 여자의 아들이라는 사실이 너무 싫었다. 그리고 그 아이만 유난히 감싸고 도는 아빠가 미웠다. 내가 조금이라도 그 아이에게 틱틱대면 아빠는 새엄마가 들으라는 듯 일부러 큰 소리로 내게 화를 냈다. 동생에게 누나로서 그게 무슨 행동이냐고. 니 동생을 니가 챙겨야지, 누나인 니가 동생을 그렇게 막 대하면 어떡하느냐고.

그 아이만 감싸고 도는 아빠에게 섭섭해서가 아니었다. 아빠가 그 아이만 너무 챙겨서 그 아이에게 질투심을 느껴서도 아니었다. 나는 단지 그 아이를 미워하고 싶었다. 그 여자와 그 여자의 전 남편 사이에서 태어난 그 아이를, 내가 못 견디도록 싫어하는 그 여자의 뱃속에서 나온 그 아이를 그냥 미워하고 싶었다. 그리고 자신의 아들도 아니면서 그 아이를 끔찍하게 아끼는 아빠가 안쓰러웠다. 그 아이를 껴안고 볼을 부비는 아빠의 모습을 보면서 나는 되레 그에게 묻고 싶었다.

피 한 방울도 섞이지 않은 그 아이를 아들처럼 사랑하는 만큼 그 여자를 사랑하는 거냐고, 이젠 당신의 기억 속엔 내 엄마 따위는 조금도 남아있지 않는 거냐고.

내 불쌍한 진짜 엄마를 위해서라도 나는 그 아이를 미워해야만 했다.

-더운데뭐해나와내가아이스크림쏜다

띄어 쓰기도 쉼표도 마침표도 없는 무미건조한 문자메시지가 '띵동' 하는 경쾌한 음과 함께 도착한다. 나는 이미 바닥에 주저앉아 울고 있는 그 아이 따위는 잊은 지 오래다. 아이스크림이라는 다섯 글자에 미련하게 붙어있던 내 엉덩이가 들썩거린다. 나는 핸드폰과 지갑을 챙겨들고 자리에서 일어선다. 그리고 울고 있는 그 아이를 가뿐히 지나쳐 말도 없이 밖으로 나가버린다. 엘리베이터의 문이 쩍 열리고 나는 그 안으로 폴짝 뛰어든다. 그런데 어쩐지 자꾸만 그 아이의 울음소리가 부스러기가 돼 내 귓가를 빙빙 맴도는 것만 같다.

뜨거운 태양을 피해 부지런히 걷다가 어느 새 나도 모르게 아이스크림 가게 앞에 도착한다. 나는 가게 앞에 쭈그리고 앉아 친구를 기다린다. 핸드폰의 폴더를 열었다, 닫았다를 계속 반복하며 나는 여전히 내 머리 위에서 머리가 아플 정도로 울어대는 매미의 울음소리에 긴 한숨을 내쉬고 만다. 목구멍이 아프지도 않을까. 저렇게 우는데 지치지도 않을까. 조용히 눈을 감고 매미의 울음소리에 귀를 기울여 본다. 그러자 매미의 울음소리에 맞춰 내 깜깜한 눈앞엔 무의미한 곡선들이 뱅글뱅글 그려지고 있다. 그리고 의미 없는 곡선들로 내 깜깜한 눈앞이 빼곡히 채워져 나가고 있던 그 때, 갑자기 처절하게 울어대던 매미가 뚝 울음을 그쳤다. 감았던 눈을 천천히 떠 보이자 눈부신 태양이

내 눈동자를 순식간에 휘감는다. 나는 눈살을 찌푸리며 끝없이 매미의 울음소리가 들려오던 내 머리 위 크나큰 나무를 올려다본다. 그리고 순간, 내 발밑에 오롯이 떨어져 있는 검고 딱딱한 무엇인가를 발견한다.

"아—"

정적으로 콱 막혀 있던 내 목구멍이 작은 탄식을 내뱉는다. 검고 딱딱한 그것은 바로 지독하리만큼 울어대던 매미다. 잔주름이 더덕더덕 박힌 배를 훤히 내보인 채 초라하게 버둥대고 있는 한 마리의 매미. 이 매미였던 걸까. 지난주부터 내 밤잠을 설치게 했던 서러운 울음의 주인공이. 내 발밑에 떨어진 이 매미는 이제 최후의 발버둥을 치고 있다. 지금 기나긴 기다림 끝에 세상을 향해 기어 나온 한 마리 매미의 짧디 짧은 생이 끝나가고 있다. 다시 나무로 날아오르기엔 너무나도 육중한 이 매미는 가엾게도 짧은 다리만 허공에 퍼덕이고 있다. 조금씩 오른쪽으로 움직이기 시작하는 매미. 그러다 순간 이 매미가 다시 저 높은 나무 꼭대기로 휙 날아가 버릴 것만 같아 나는 한 걸음 물러난다. 매미의 마지막을 감상하는 것도 꽤나 흥미진진한 것 같다. 나는 턱을 괴고 흥미로운 눈빛으로 매미를 지그시 내려다보고 있다. 그리고 그 때, 육중한 몸으로 조금씩 움직이는 이 매미 위로 그 아이의 실루엣이 오롯이 떠오른다. 태양 때문에 눈부시게 환하던 세상이 순간 거대한 그늘로 어두컴컴해진다. 저 하늘 끝에서 진한 먹구름이 몰려오고 있다. 나는 자리에서 일어나 검은 소나기를 몰고 오는 비구름을 멍하니 바라본다. 그러다 다시 내 발밑에서 바둥대던, 이젠 조금 더뎌진 매미를 내려다본다. 한 방울, 두 방울 미지근한 빗방울이 내 맨살에 닿기 시작한다. 하지만 나는 움직일 수가 없다. 소나기를 피하기 위해 건물 안으로 들어서야 하지만 어쩐지 나는 그대로 있어 주어야만 할 것 같다. 가엾고 불쌍한 이 매미를 위해서….

순간 내 눈앞에 그 아이의 모습이 붕 떠오른다. 이 매미의 애처로운 마지막처럼 파르르 떨리던 그 아이의 조그마한 뒷모습이.

유난히 더웠던 그날 밤, 나는 쉽게 잠을 이루지 못하고 이리 뒤척 저리 뒤척거리기만 했다. 창문을 활짝 열어두었지만 어쩐지 찝찝한 바람만 들어와 내 몸을 축축하게 적시는 것만 같았다. 그렇게 까실까실한 이불 위에서 몸을 뒤척이고 있던 그 때, 거실에서 새 엄마의 다급한 목소리가 들려왔다. 곧 새 엄마의 목소리를 듣고 안방에서 아빠가 달려 나왔다. 그리고 아빠는 '준영아! 준영아!' 하고 그 아이의 이름만 연신 외쳐대고 있었다. 나는 침대 위에서 일어나 살금살금 방문을 열어 빠끔히 거실을 쳐다보았다.

그런데 거실 한 가운데엔 그 아이가 맥없이 쓰러져 있었고 축 늘어진 그 아이를 아빠가 등에 업고 있었다. 그리고 아빠의 등에 업힌 그 아이가 곧 부르르 온몸을 떨며 연거푸 침을 게어 내고 있었다. 나는 너무 놀라 그대로 굳어버렸고 아빠는 그 아이를 업고 밖으로 뛰쳐나가고 새 엄마는 입을 틀어막은 채 눈물을 뚝뚝 흘리며 곧 아빠를 따라 나섰다.

아이가 아프다는 말은 아빠에게 들었었지만 발작을 일으킬 만큼 심각한 병에 걸렸을 거라곤 꿈에도 생각 못했다. 나는 멍한 표정으로 벽에 기대어 있다, 한바탕 폭풍이 지나고 난 후 깜깜한 정적이 흐르고 있는 거실로 나왔다.

거실 한 가운데엔 그 아이의 물건이 흐트러져 있었고 바닥엔 그 아이가 흘린 침이 흥건히 고여 있었다. 나는 한숨을 푹 내쉬고서 걸레를 들고 바닥에 쭈그리고 앉았다. 그리고 그 때, 그 아이가 늘 품에 안고 다니던 스케치북이 마음대로 구겨진 채 바닥에 내팽개쳐져 있었다. 조심스럽게 스케치북을 들여다보니 온통 스케치북엔 매미의 그림들만 그려져 있었다. 나무에 달라붙어 있는 매미, 바닥에 들러붙어 울고 있는 매미, 날개를 펼치고 하늘을 날아다니는 매미. 서투른 솜씨였지만 어쩐지 그 그림 속 매미들이 꼭 맴맴거리고 있는 것만 같았다. 매미에게 그 아이는 왜 이렇게 집착하는 것일까. 그 아이는 유난히 매미를 좋아했다. 아빠와 함께 밖으로 외출을 할 때면 언제나 그 아이는 아빠에게 매미를 잡아달라고 떼를 썼다. 나는 그저 그 아이가 그 나이 때 모든 아이들이 그렇듯 단순히 매미에 대해 호기심이 많은 거라 생각했다. 징그럽게 생긴데다 시끄럽게까지 한 매미가 어쩐지 난 싫었다. 그리고 그런 매미를 좋아하는 그 아이 역시 싫었다.

여름밤은 언제나 내 마음을 설레게 한다. 어둠이 내린 세상 위로 시원하게 부는 바람. 나는 어쩐지 그 서늘한 바람이 좋다. 하늘에 박힌 별들을 올려다보며 집으로 향한다. 또 집에 가면 그 아이가 날 향해 '누나' 하고 부르며 달려오겠지. 내 가슴 깊숙이에서부터 한숨이 뿜어져 나온다. 터덜터덜 현관문 앞에 서서 문고리를 잡고 한동안 망설인다. 집 안의 공기는 언제나 갑갑하기만 하다. 그리고 난 그 갑갑함이 너무 싫다.

문고리를 힘껏 잡아 당겨 집안으로 들어선다. 그러자 여느 때와 마찬가지로 그 아이의 발소리가 쿵쿵쿵 들려온다.

"누나! 누나!"

언제나처럼 또 그 아이는 환하게 웃으며 날 향해 달려오고 있다. 그리고 난 고개를 푹 숙인 채 그 아이와 눈을 마주치지 않게 애쓴다. 내 앞에서 알짱대는 그 아이를 밀치며 내 방으로 들어서려던 그 때, 갑자기 그 아이가 불쑥 내 눈앞에 무엇인가를 내민다.

"으악! 뭐야! 저리 안 치워?!"

시커멓고 딱딱하게 생긴 벌레 같은 것이 갑자기 내 눈앞에 튀어 오른다. 나는 깜짝 놀라며 그것을 힘껏 쳐낸다. 그러자 바닥에 힘없이 구겨지고 마는 시커먼 벌레. 아, 그것은 매미의 박제다. 내가 쳐낸 건조한 매미의 박제는 바닥에 부딪히며 바스라지고 만다. 박제된 매미의 날개는 바스러져 부스러기가 되어버렸다. 표본 핀에 꽂혀있던 매미의 몸통이 힘없이 나뒹군다.

"이거 누나한테 보여주려고 했는데…. 아빠가 오늘 만들어 준건데…."

말끝을 흐리며 바닥에 내팽개쳐진 매미의 박제를 먹먹한 눈으로 바라보고 있는 그 아이. 나는 곧 그 아이의 울음이 터질 것만 같아 방으로 얼른 들어가 버린다. 부러뜨릴 의도는 없었는데 힘없이 매미의 박제가 부서지고 말았다. 나는 괜히 신경질이 나 방문을 쾅 닫아버린다. 그러게 누가 갑자기 눈앞에 그걸 들이밀래? 나는 침대에 누워 낮은 천장을 바라본다. 그리고 곧 거실에서 들려오는 그 아이의 울음소리. 그 아이의 울음소리가 잔뜩 짓눌려 있다. 저 아이는 눈물을 참기 위해 안간힘을 쓰고 있는 게 분명하다. 그리고 그 아이의 꽉 막힌 울음소리 위로 매미의 경쾌한 울음소리가 포개진다. 저 아이를 대신해서 서럽게 울어대고 있는 매미. 그리고 그 둘 사이에서 멍한 표정을 짓고 있는 나. 오늘 밤도 역시 쉽게 잠을 이룰 수 없을 것만 같다.

다음 날, 야간자율학습을 마치고 집으로 돌아온 내 방은 난장판이 되어 있다. 그리고 널브러져 있는 색연필과 스케치북 사이에 곤히 잠들어 있는 그 아이. 순간 주체할 수 없는 화가 치밀어 오른다. 몸을 둥그렇게 말고 새근새근 숨소리를 내며 평화롭게 잠든 그 아이의 조그마한 종아리를 힘껏 차버린다.

"야, 누가 내 방에 들어오래! 안 나가?!"

그러자 깜짝 놀라며 움찔 거리는 그 아이. 그리고 곧 눈을 비비며 부스스 몸을 일으킨다. 그리고 난 그 아이의 머리카락이 찰랑거리는 작은 머리통 위로 그 아이의 스케치북을 집어던진다. 잠이 덜 깬 눈으로 날 올려다보다 이내 입술을 씰룩거리며 그 아이가 눈물을 터뜨리고 만다.

"야, 울지 마! 니가 뭘 잘했다고 울어! 얼른 안 나가?! 나가라고!"

그 아이가 흩트려 놓은 색연필을 그 아이의 연약한 몸뚱어리 위로 마구 집어 던지며 나는 소리친다. 그런데 숨이 막힐 듯 꺽꺽 울어대던 그 아이가 갑자기 픽 쓰러진다. 그러더니 곧 몸을 펄떡거린다. 마치 어항 속의 금붕어가 밖으로 튕겨져 나와 퍼덕거리는 것처럼.

소란스러운 소리를 듣고 곧 안방에서 새 엄마와 아빠가 달려온다. 그러다 바닥에 드러누워 또다시 발작을 일으키는 그 아이를 발견하곤 소스라치게 놀란다.

"준영아! 준영아! 얘가 왜 이래!"

"니가 이랬냐?! 어? 니가 또 준영이 울렸어?!"

나는 아무 말도 할 수 없다. 그저 입만 쩍 벌린 채 입에 거품을 물고 있는 그 아이만 내려다보고 있다. 심장이 터져나갈 듯 쿵쾅 거린다. 손발은 후들후들 떨려온다. 그 아이의 발작이 심해질수록 나는 슬금슬금 뒷걸음질 친다.

"어떡해요, 여보! 구급차 불러요? 어떡해, 어떡해."

"일단 준영이 업혀줘요. 요 앞 응급실에라도 얼른 가봐야겠어."

퍼덕퍼덕거리는 그 아이는 곧 아빠의 커다란 등에 업혀지고 아빠와 새 엄마는 우당탕 소리를 내며 황급히 현관문을 열고 밖으로 뛰쳐나간다. 나는 여전히 입을 다물지 못한 채 침대에 주저앉아 버린다. 그 아이가 발작을 일으키는 것을 본 게 이번이 두 번째. 하지만 여전히 나는 그 아이가 발작을 일으킬 때마다 심장이 주체할 수 없을 만큼 뛴다. 나는 떨리는 손을 심장에 대며 내가 던진 그 아이의 스케치북을 내려다본다. 그런데, 당연히 매미 그림이 커다랗게 그려져 있을 거라 생각했던 그 아이의 스케치북 속엔 환하게 웃고 있는 한 여자 아이가 그려져 있다. 자세히 들여다보니 여자 아이 옆에는 '누나'라는 글씨가 삐뚤삐뚤하게 적혀있다. 아, 웃고 있는 그 여자 아이는 바로 나다. 순간 내 목구멍에서 희미한 탄식이 삐죽 새어나온다. 그리고 숨이 컥 하고 막혀버린다. 내 웃는 얼굴을 한 번도 본 적 없으면서 그 아이는 왜 이런 그림을 그린 걸까. 괜히 코끝이 찡해지는 게 머쓱해진 나는 그 그림을 발로 툭 차버린다. 그리고 침대에 벌러덩 누워 이불을 머리끝까지 뒤집어쓴다. 아무리 눈물을 참으려 해도 자꾸만 눈물이 제멋대로 흐른다. 울음을 꾹 참기 위해 목구멍에 힘을 준다. 그러자 짐승의 울음 같은 이상한 소리가 내 목구멍에서 새어나온다. 이런 느낌이었을까, 그 아이도. 눈물을 참으려 안간힘을 쓰지만 내 의지와는 상관없이 자꾸 새어나오는 울음. 서럽고 답답한 이 감정은 아홉 살 아이가 감당하기엔 너무나도 큰 슬픔이다. 그런데 그 아이는 어째서 소리 내어 울지 못하고 눈물을 꾹꾹 참기 위해 안간힘을 썼던 것일까.

서럽게 흐느끼는 내 울음소리 위로 또다시 매미의 처절한 울음소리가 포개진다. 나도 목 놓아 울어버리고만 싶다. 그 누구의 눈치도 보지 않고 목구멍이 터져라 울어보고 싶다. 여름 밤, 세상을 집어 삼킬 듯 처절하게 울어대는 저 매미처럼….

일주일이 지났다, 그 아이가 발작을 일으켜 응급실로 향한 지. 그러나 그 아이는 일주일이 지나도록 내 앞에 나타나지 않고 있다. 아빠나 새 엄마나 내 앞에서 그 아이의 얘기를 하지 않았기에 나 역시 그 아이의 행방을 묻지 않았다. 아마 그 아이는 새 엄마의 할머니 집으로 다시 되돌아갔을 것이다. 콱 막혔던 가슴이 뻥 뚫리는 느낌이 든다. 지긋지긋했던 그 아이와의 한 달이 영상처럼 내 머릿속을 스쳐 지나간다. 그 아이와 함께 했던 한 달은 정말 무덥고 지겨웠던 여름이었다. 나를 몸서리치게 만들던 '누나'라는 소리를 이젠 듣지 않아도 된다는 생각에 속이 다 시원하다. 하지만 여전히 남아있는 그 아이의 매미 그림과 지난 번 내가 부러뜨린 매미 박제는 언제나 내 마음을 시리게 후벼 파고 있다.

어느덧 무더운 여름은 뒷모습을 보인 채 9월의 중순을 향해 달려가고 있다. 지난 여름 동안 지긋지긋하게 울어대던 매미 역시 이제 수명이 다 되어 가는 듯 점점 매미 울음소리는 소멸돼가고 있다. 매미의 울음소리는 자신의 마지막을 예감이라도 한 듯 절정을 향해 치닫고 있었다.

그러나 그 아이는 여전히 감감무소식이다. 그 아이가 그리운 건 절대 아니지만 어쩐지 그 아이의 소식이 궁금하기도 하다.

내 책상에 고스란히 올려져 있는 그 아이의 구겨진 매미 그림들과 이젠 바스러져 잔잔한 부스러기가 돼버린 매미의 박제만이 그 아이와 함께 했던 지난 한 달을 나로 하여금 기억하게 만들고 있었다.

매미들에게 있어서 여름이란 어떤 존재일까. 세상 밖으로 나가기 위해 매미의 애벌레들은 무려 5년이 넘는 긴 시간동안 갑갑한 땅속에 갇혀 찬란히 빛날 세상 밖을 꿈꾼다. 그래서 그런지 여름 날, 세상을 집어 삼킬 듯한 매미의 울음소리가 처절하게만 들리나 보다. 땅 속 깊은 곳에서 나무뿌리의 수액을 빨며 하루하루 연명해 나간 매미의 애벌레. 여러 번 허물을 벗고 몇 년에 걸친 긴 땅속 생활 후 매미는 세상 밖으로 나온다.

그러나 길었던 땅속 생활에 비해 매미들이 세상 밖에서 살아갈 수 있는 날은 고작 한 달도 되지 못한다. 오랜 기다림 끝에 얻은 세상이지만 매미들에겐 그 찬란함을 누리기엔 턱없이 부족한 시간들일 테다.

그래서 그런 걸까. 매미의 여름이 마냥 슬프고 서러워 보이기만 한 까닭이.

또다시 매미의 여름은 가고 있다. 또 얼마만큼의 기다림 끝에 매미들은 눈부신 세상을 향해 울부짖을 수 있을까. 지금도 축축한 땅속에서 세상을 향해 몸부림치고 있을 매미의 애벌레들을 생각하니 가슴이 콱, 막혀온다.

그리고 일주일이 또 흘렀다. 그러나 여전히 그 아이는 내 앞에 나타나지 않고 있다. 나는 무료하게 침대 위에 누워 이리 뒹굴 저리 뒹굴, 일요일의 즐거움을 만끽하고 있다. 어쩐지 오늘은 바람이 어제보다 더 서늘해진 게 가을을 향해 성큼 다가선 느낌이다. 더불어 여름 내내 지겹도록 울어대던 매미의 울음소리도 여름과 함께 점점 소멸되고 있다.

일정하게 울어대던 매미의 울음소리가 순간 뚝, 하고 멈춰버린다. 또 한 마리의 매미가 죽어버린 것일까. 나는 감았던 눈을 떠 눈부신 햇볕이 내리쬐고 있는 창밖을 쳐다본다. 그리고 그 때, 거실에서 들려오는 아빠와 새 엄마의 두런두런거리는 대화 소리가 내 고막을 간질인다.

"정희한테는 말 안 하실 거예요?"

"뭣 하러 말해. 별로 좋아하지도 않았잖아."

"그래도…. 자기 친 동생은 아니지만 어떻게 보면 정희한텐 하나뿐인 지 혈육이었는데."

순간 심장이 저 바닥끝까지 쿵 하고 내려앉는 느낌이 든다. 나는 자리에서 일어나 방 문 앞에 딱 달라붙어 두 사람의 대화소리에 귀 기울인다.

"그러니깐 더더욱 말 못하고 있잖소."

"지금에서야 갑자기 말하면…. 꽤 충격이 크겠죠."

"그렇겠지. 자기 동생인지도 모르고 그동안 그렇게 싫어하고 구박했는데, 사실 그 애는 니 엄마가 재혼해서 낳은 애라고 말하면…. 더군다나 그 애가 죽어버렸다고 어떻게…."

갑자기 눈앞이 뿌옇게 흐려진다. 숨이 잘 쉬어지지가 않는다. 나는 콱 막힌 심장을 주먹으로 퍽퍽 내려치며 터져 나오는 울음을 꾹꾹 참아내고 있다.

"그렇다고 이렇게 숨긴다고 해서 평생 숨겨질 것도 아니잖아요. 정희도 알 건 알아야죠. 나중에라도 알게 돼 봐요. 왜 그 때 말 안 해줬냐고 당신 원망하면 어떡하려 그래요. 니 친 엄마가 재혼해서 낳은 애가 선천성 심장질환을 앓고 있었는데…. 서울에서 수술 받으려고 잠깐 몇 달 동안 우리한테 맡겨졌던 거다. 그런데 그 동안 병이 심각해져서, 그 날 새벽에 죽게 돼 버린 거라. 근데, 이게 무슨 소리죠? 정희 방에서 들리는…. 정희야? 정희야?! 문열어봐. 정희야?! 어머 어떡해요, 여보. 정희… 지금 우리 애기 듣고 있었나봐요."

나는 문을 잠가 버린다. 내 방문을 쾅쾅 두드리는 아빠와 새 엄마. 하지만 나는 두 귀를 틀어막고 꺼이꺼이 울어버린다. 그동안 꾹꾹 참았던 눈물을 이제야 터뜨리고 만 것이다.

목구멍이 터져라 나는 바락바락 소리 지르며 울어버린다. 가슴이 뻥 뚫릴 만큼, 그동안 힘겹게 참아왔던 눈물들이 모두 터져 나올 만큼. 그런데, 그런데….

속이 시원하지가 않다. 소리 내어 울부짖으면 분명히 답답했던 가슴이 뻥 뚫릴 것이라고 생각해왔었는데 그렇지가 못하다. 오히려 더욱더 가슴이 미어지고 갑갑해져 오고 있다. 나는 자꾸만 꾹 쥔 주먹으로 가슴을 퍽퍽 내려치며 짐승처럼 울부짖는다.

그리고 그 때, 여름의 끝자락에서 점점 침몰하고 있던 한 마리의 매미가 마지막으로 처절한 울음을 내뱉고 있다. 마치 자신의 마지막을 받아들이기 싫다는 듯 고래고래 발악하고 있는 것처럼. 아니 그것은 매미의 울음소리가 아니다. 자신에겐 이 여름이 마지막 여름이 돼버린 그 아이의 서러운 울음소리였다.

"누나… 누나… 누나… 누나…."

여름이 가고 가을이 오고 겨울이 와도 영원히 소멸되지 못할 울음소리. 그것은 여름의 끝에서 들려온 나를 향한 그 아이의 마지막 비명(悲鳴)이었다.

바다의 아이

공 여 경

(안양예술고등학교 2학년)

"나눔, 의, 집."

이레 전 칠을 새로 한 간판에 새겨진 글자를 소리 내어 읽어본다. 철제문 오른쪽, 내 시선보다 조금 높은 곳에 달린 이 간판을 이제껏 눈여겨 본 적이 없다는 걸 깨닫는다. 그도 그럴 것이 나는 외출증을 잘 끊지 않기에, 이 철제문 바깥쪽에 달려 있는 간판과 마주하는 시간은 교회에 가는 일요일뿐이다. 시내에 나갔다 돌아오는 길, 눈에 들어찬 간판 글자를 끊어서 읽어 보다가 문득 의문을 품는다.

'나눔' 의 '집'.

나눔의 집 아이들 중 누구도 '나눔' 이란 이름을 가지고 있지는 않다. 설립자나 수많은 도움을 주고 계시는 여러 분들 중 한 분쯤은 '나눔' 이란 이름을 가지고 있을 수 있겠다. 하지만 적어도 내가 아는 한 그런 분은 없고, 설사 있다 하더라도 그 분이 굳이 자기 이름을 따서 이 '집' 을 지었으리라고는 생각되지 않는다. 그래서일까? 난 이 집이 내 집이라는 생각이 잘 들지 않는다. 그건 아마 나눔의 집 아이들 대부분이 그럴 것이다. 그렇다고 해서 내 집이라고 생각하는 다른 곳이 있는 것도 아니다. 생각조차 나지 않는 어느 날엔가 이 집에 맡겨졌고, 그래서 자연스레 집에 대한 기억이 없다. 집에 대한 기억이 없기 때문이다. 어쩌면 애초부터 나눔의 집 이전의 내 집은, 엄마의 자궁이 전부였는지도 모른다.

"안 들어가고 뭐해?"

공기 사이로 소희 목소리가 총총 날린다. 저음인 내 목소리와 달리 소희 목소리는 삑삑 소리가 나는 장난감 공처럼 튀어 다닌다. 웃음으로 대답을 대신하고 철제문 안으로 들어간다. 운동장에서 저마다 놀고 있던 어린 애들이 우리를 보고는 일제히 달려온다. 애들 눈에는 우리가 아니라, 우리 품에 있는 까만 봉지를 담고 있다. 봉지 안에 먹을 것이라든지 학용품 따위가 들어있다는 것을 경험으로 알고 있는 것이다. 아이들의 머리를 가볍게 쓰다듬어주고는 보모 아주머니께 봉지를 넘긴다. 애들은 보모 아주머니에게로 뛰어간다.

내 또래의 아이가 다 커서 이 집에 오는 것은 흔치 않은 일이었다. 때문에 나는 소희가 처음 나눔의 집에 왔을 때, 꽤나 관심을 가졌었다. 그 아이가 나와 한동갑이라는 것을 듣고 나서 그 관심은 두 배가 되었다. 오자마자 아이들에게 둘러싸인 그 아이는, 묘하게 사람을 이끄는 면이 있었기에 나에겐 경계의 대상이기도 했다. 하지만 얼마 지나지 않아 소희에게서 짠내를 맡았을 때, 나는 그 아이에 대한 모든 경계심을 허물었다. 냄새는 코로만 맡는 게 아니라는 걸 알게 된 열한 살 무렵이었다.

소희가 나눔의 집에 온 지 한 달째에 접어들었을 때였다. 어린 애들의 입에서 소희가 인어라는 소문이 나돌기 시작했다. 소문은 나눔의 집 뒷마당 풀장에서부터 풍겨 나왔다. 소희는 매일 점심을 먹고 난 후 그 풀장에서 수영을 했다. 나는 물을 별로 좋아하지 않았기에, 풀장 바깥에서 그 아이가 헤엄치는 것을 구경하곤 했다. 난 소희가 인어가 아니라는 것쯤은 알고 있었다. 열한 살은 만화 속 주인공과 현실을 구분하지 못할 정도로 어린 나이는 아니었다. 하지만 그 아이가 풀장을 제 맘대로 휘저으며 놀 때, 특히 세상을 다 가졌다는 표정을 짓고서 물 밖으로 나올 때 그 아이는 정말이지 인어 같았다. 그 아이는 포크로 머리를 빗지도, 땅에서 발을 내딛을 때마다 아파하지도 않았지만 물 빠진 푸른 수영복을 입고 바깥으로 나올 때면 어렴풋이 그 아이 몸에서 비늘이 반짝이는 것 같기도 했다.

눈웃음이 귀여운 일곱 살배기 아이가 오늘 나눔의 집을 떠난다고 한다. 며칠 전부터 뻔질나게 나눔의 집을 드나들던 뚱뚱한 부부는, 아침 일찍부터 검은색 외제차를 끌고 와 철문 밖에서 아이를 기다리고 있다. 유독 나를 잘 따랐던 아이라 조금 서운했지만, 머리가 더 자라기 전에 그것도 부잣집으로 가는 것은 분명 좋은 일이었다. 나눔의 집 아이들은 아주 어렸을 적부터 늘 누군가를 맞이하고 보내는 일에 익숙해져 있다 보니 서로 정을 주는 법도 좀처럼 없다. 나는 특히 그랬는데, 소희에 있어서만큼은 조금 다르다. 소희가 언젠가 이 철제문 밖으로 나가 점점이 사라진다면, 그 때 난 조금 슬플 것 같다.

정오가 지나서야 아이는 검은색 외제차에 올라타 철제문 밖으로, 구불구불 길을 따라 나눔의 집을 떠난다. 옹기종기 모여 있던 아이들은 차 꽁무니가 채 사라지기도 전에 뿔뿔이 흩어진다. 보모 아주머니 몇몇만 발이 땅에 박힌 듯 꼼짝 않고 서 있다. 하지만 저들도 곧 각자의 자리로 돌아갈 것이다. 차가 점이 되어 사라지고 시선이 불분명해질 쯤 나도 소희의 팔을 이끈다. 설거지를 하기 위해서다. 올해로 열일곱이 된 우리 둘은 보모 아주머니들과 함께 허드렛일을 도맡는다. 이제 이년 후면 나도 소희도 제 발로 이 집을 떠나야 한다. 하지만 철제문 밖이라고 해서 내 집이 있을 것 같지는 않다. 고무장갑을 낀 채로 소희를 툭툭 친다. 소희가 대답 대신 내 쪽을 쳐다본다.

"넌 어디로 갈 거야?"

다소 두서없는 말이지만 알아들은 눈치다. 살짝 웃으며 고무장갑을 마저 끼는 소희의 표정에서 느낄 수 있다.

"집으로 갈 거야."

그러고는 세제를 수세미에 짜는 소희를 멍하니 바라보다가 나도 고무장갑을 낀다. 집? 그렇다면 나는 대체 어디로 가야하는 것일까. 쏴아아아- 수도꼭지에서 물이 세차게 흐른다. 문득 옆을 바라보니 소희가 눈을 감고 있는 게 보인다. 소희는 지금쯤 파도 소릴 듣고 있을까.

"어디에서 왔니?"

어느 정도 소희와 친해졌을 무렵, 내가 소희에게 던진 첫 질문이었다. 소희는 옷을 개다 말고 나를 물끄러미 쳐다보더니, 씽끗 웃었다. 소희는 참 적응력이 빠른 아이라고 하던 보모 아주머니들의 말이 생각났다.

"바다."

바— 다— 바다라는 발음이 너무나도 생경하고 이질적이어서, 소희가 나를 보고 웃고 있다는 것도 모른 채 한참을 바다, 바다 하고 중얼거렸다. 살면서 그런 발음을 입에 담아 본 적이 없었다. 바다, 라는 말 자체가 너무나 완벽하다고 생각했다. 물론 책이나 텔레비전으로 바다를 본 적은 수없이 많았다. 하지만 지금 내게 바다는 처음 듣는 바다이며, 그동안 보았던 바다와는 본질적으로 다른 '바다' 였다. 내가 아무 말이 없자 소희는 다시 옷을 개기 시작했다. 나는 용기를 내어 또 말은 건넸다.

"텔레비전에서 본 적 있어. 바닷가는 바람이 매섭지?"

“난 바다 속에서 살다 왔어.”

내 말과는 전혀 연관성이라고는 없는, 바다라는 발음만큼이나 묘한 말을 늘어놓는 소희를 멀뚱멀뚱 쳐다보았다. 전혀 이상할 게 없다는 눈이었다. 바다가 넘실대는 그 아이의 눈을 보고, 난 정말 그 아이가 바다 속에서 살다 왔노라고 믿을 수밖에 없었다.

인어 같은 그 아이와 나는 늘 붙어 다녔다. 처음으로 누군가에게 마음자락을 내어준 것이다. 그 마음자락은 처음에는 미세한 물거품이었지만, 점점 불어나 어느새 바다를 이루고 있었다. 그래서 나는 소희가 밤마다 들려주는 바다 이야기가 싫었다. 소희가 바다로 가게 될까봐 무서웠다.

설거지를 마치고 잠을 자기 위해 자리에 눕는다. 잠이 오질 않아 한참을 뒤적이다가 막 잠에 들려고 할 무렵, 소희 눈에서 바다가 흘러내리고 있는 건지 짠내가 풍겨왔다. 소희는 이렇게 눈으로 바다를 흘려보내고 난 다음이면, 바다를 더 간절해한다. 그런 소희를 보고 있자면 그 아이를 바다로 보내줘야 할 것 같다는 생각이 든다. 나눔의 집 뒷마당 작은 풀장은 소희의 바다가 아니다.

소희 눈에 있는 바다는 조금의 파도 소리조차 나지 않기 때문에 여간해선 눈치 채지 못한다. 하지만 나는 알 수 있다. 그래도 알은체 하지는 않는다. 그 아이의 바다는 내가 아닌 그 아이만의 바다로밖에 채울 수 없다는 걸 알고 있기 때문이다. 그러나 내가 정말 소희의 바다가 새어나가는 것을 외면하는 이유는 따로 있다. 너, 지금 눈에서 바다가 새어나가고 있어, 하고 내가 알은체를 하면, 기다렸다는 듯 그 아이는 물거품이 되어 바다로 갈 것만 같았다.

소희는 꽤 많은 시간이 흘러서야 겨우 잠이 든 듯했다. 소희가 깨지 않게 조심하며 이불을 갠다. 그리고 보모 아주머니들이 모여 있을 부엌으로 간다. 벌써 밥을 짓고 있는 모양이다. 밥 짓는 냄새가 부엌 한 가득이다. 보모 아주머니들이 소희를 찾는다. 두 손을 포개어 한쪽 얼굴에 가져다가 소희가 자고 있음을 설명한다. 원래 누구보다도 일찍 일어나 밥을 짓는 소희가 자고 있다는 사실에, 저마다 고개를 갸웃거린다. 추궁의 눈길을 보내는 보모 아주머니들에게 어깨를 으쓱해보이고는 밑반찬을 만들기 시작한다. 그 아이는 지금쯤 바다에 가 있을 것이다.

밥이 다 될 무렵, 눈을 비비며 어린 애들을 데리고 내려오는 소희가 보인다. 소희를 거들어 애들을 식당에 둘러앉히고, 식사 감사 노래를 마친 후 밥을 먹는다. 그런데 엊그제 들어온 어린 애 하나가 반찬 투정을 하며 울먹거린다. 나눔의 집에서는 반찬 투정이 통하지 않는다. 아이를 윽박지르려고 하는데 소희가 나를 막고서 찬장에서 햄을 꺼내 구워다 준다. 다른 애들도 햄을 향해 저마다 젓가락을 세워보지만 이내 포기하고 자기 밥을 먹는다. 쓸데없는 고집도 나눔의 집에서 허용되지 않는 것 중 하나이다.

밥을 다 먹고 설거지까지 마치자 조금 숨 돌릴 틈이 난다. 고무장갑에서 손을 쏙 빼고 팔을 주무르는 소희를 뒷마당으로 이끈다. 소희는 요 근래엔 풀장에 들어가지 않는다. 수영복도 작아졌을뿐더러, 왠지 이제 그 작은 풀장에서 헤엄을 치기가 민망하단다. 처음엔 내심 좋았지만, 그 아이의 눈에 여전히 바다가 넘실대는 것을 보고 두 손, 두 발 다 든 지 오래다. 그리고 가끔 소희가 비늘을 반짝이며 풀장을 노닐던 때가 그립기도 하다.

나와 소희가 열세 살이던 여름날이었다. 보모 아주머니가 나와 소희를 불렀다. 교회에서 캠프를 하는데 회비를 대 줄 터이니 다녀오라는 얘기를 하기 위해서였다. 교회 아이들은 텃세가 심했고, 여러 모로 내키지 않았기에 나는 고개를 저었다. 소희도 별로 갈 생각이 없는 듯 했다. 하지만 캠프 장소가 바다라는 걸 알게 된 소희의 눈이 철썩이는 것을 보고, 그날 밤 나는 당장 소희와 함께 짐을 쌌다. 바다로 가기 위해서였다.

드디어 캠프 당일 날 아침, 잠을 설친 것인지 소희는 부은 눈을 문지르며 내 손을 잡고 캠프 차에 올랐다. 40명이 정원인 기다란 차가 출발하자마자 나는 울렁거림을 호소했다. 교회 선생님은 내게 멀미를 하는 모양이라며 조그마한 병에 담긴 멀미약을 주었지만 울렁거림은 조금도 가시지 않았다. 가는 내내 괴로움에 몸부림을 치다 겨우 눈을 붙였는데, 얼마 가지 않아 도착했다는 선생님의 말에 잠에서 깨야 했다. 훅, 짠내가 끼쳤다.

우리는 애초부터 캠프 일정대로 움직일 생각이 없었다. 나눔의 집 재단이 기독교였기에 매주 꼬박꼬박 교회는 나갔지만 신이 간절하지는 않았다. 특히 두 시간을 꼬박 앉아 듣는 설교는 질색이었는데, 그건 소희도 마찬가지였다. 우리는 오로지 바다를 향해 숨어들었고, 회비도 반쪽만 낸 꼬질꼬질한 아이 둘을 찾는 이는 아무도 없었다.

태어나서 처음 본 바다는, 내게 공포 그 자체였다. 소희 손에 이끌려 물살이 몰아치는 바위까지 어떻게 오긴 했지만 나는 점점 뒤로 물러났다. 소희는 눈을 감고 바다를 보고 있었고, 그 틈을 타 나는 서둘러 바다를 벗어났다. 배들이 늘어선 항구에서 숨을 고르고 앞을 내다보았지만, 그 어디에도 소희가 말하던 바다는 없었다. 거대한 물살이 여러 물살로 나뉘며 항구까지 쳐들어왔고, 그럴 때마다 나는 뒷걸음질을 쳤다.

"거기서 뭐해, 이리와!"

소희가 손을 흔들어보였다. 그 순간에도 물살은 바위를 집어 삼키고 있었고, 나는 그 물살이 소희를 데려갈 것 같은 아찔한 환상에 시달려야 했다. 소희는 기어코 자신의 바다에 나를 집어넣으려 했다. 결국 나는 또다시 소희가 있는 바위로 가야만 했다. 바위가 점점 작아지는 걸 보니 물이 차오는 듯 했다. 물살이 하얗게 거품을 일으키며 바위를 때릴 때마다 움찔거렸다. 항구 쪽을 바라보다가, 새카만 것들이 항구 벽을 기어 다니는 것을 보고 소리쳤다.

"바퀴벌레!"

소희는 그게 바퀴벌레가 아니라 갯강구라고 했다. 나는 도무지 그 갯강구라는 것이 기어 다니는 이 바다에 정을 줄 수가 없었다. 물은 속을 알 수 없이 깊기만 했고, 바다는 너무 너른 공간이었다. 게다가 소희는 자꾸만 바다 쪽으로 걸어갔다. 조금이라도 드러난 바위가 있으면 밟고 걸어가 바닷물에 손을 담그고 어린 아이처럼 좋아했다. 나는 바다와 가까워질 수가 없었다. 그 말은 소희와 가까워질 수 없다는 말과 같았다. 언젠가 소희가 바다 속으로 돌아간다면 따라갈 자신이 없었다. 그렇다고 소희가 없이 지내는 것도 싫었다. 소희는 어느 샌가 바위에 다닥다닥 붙어있는 조개를 떼어 페트병에 담고 있었는데, 그런 소희에게 다가가 나는 불쑥 물었다.

"바다가 좋아, 내가 좋아?"

지금 생각해도 참 바보 같은 질문이었다. 하지만 다행이도 때마침 밀려온 파도 소리에 내 말은 포말 가루처럼 흩어졌다.

"뭐라고? 잘 못 들었어."

"아냐. 나 아무 말도 안했어."

소희는 쿡쿡 웃더니, 다시 조개 떼기에 집중했다. 소희가 손톱만한 까만 조개를 페트병에 담을 동안 나는 다시 항구로 올라갔다. 소희는 한참을 그러고 있다가 초록색 페트병이 까만 조개로 가득 차고 나서야 내 쪽으로 왔다. 소희가 내게 페트병을 내밀었다. 선물이라고 했다.

소희가 보이지 않는다. 보모 아주머니 말로는 먼 심부름을 갔다고 했다. 하지만 왠지 소희가 돌아오지 않을 거란 불길한 예감이 든다. 다저녁이 되자 소희가 철제문 안으로 들어온다. 나는 창문으로 내내 보고 있었지만 언제 그랬냐는 듯 이불 안으로 쏙 들어간다. 잠시 후 소희가 내 옆에 눕는 것이 느껴진다. 소희는 내가 잠을 자지 않고 있단 걸 알고 있을 것이다. 소희는 바다의 아이지만 바다 자체이기도 했다. 아마, 그 넓은 눈을 하고서 내 속을 살피고 있을 것이다.

"자는 척 해도 난 다 안다, 뭐."

이렇게 된 이상 계속 자는 척을 하는 것도 우스워 대답 대신 이불 밖으로 고개를 내민다. 눈이 마주친다. 누가 먼저랄 것도 없이 웃음을 터뜨린다. 서로 마주보고 누워 자리를 잡는다. 소희가 조금 피곤해 보인다.

"오늘 엄마를 만나고 왔어."

이불을 부스럭거리며 소희가 뜻밖의 말을 한다. 부스럭거리는 소리가 조금 더 컸으면 못 들은 척 되물었을 텐데. 그러기엔 소희 목소리가 너무 분명하고 크다.

"갈 거니?"

내 물음에 소희는 짠 웃음을 지어보인다. 그리고 고개를, 크지는 않지만 분명하게 한 번 주억거린다. 나도 모르게 같이 고개를 주억거린다. 왠지 다 알 것 같다.

"내가 초등학교 입학한 지 얼마 안 됐을 때 엄마는 한밤중에 배를 탔어. 아마 아빠 때문이었겠지. 어떻게 알고 자다 일어나서 엄마를 따라갔는데, 그때 막 내가 우니까 나한테 그랬어. 바다에서 만나자고. 여기가 바단데 어디를 가냐며 엄마를 붙잡았어. 그랬더니 엄마는 여기 말고, 우리의 바다에서 만나자고 했어. 엄마 표정이 왠지 더 슬퍼보여서, 난 더 울 수가 없었어."

소희의 눈에서 또 바다가 흘러내린다. 이제 저의 바다로 가기 때문에, 소금기에 절은 오래된 바다는 그만 보내주고 있는 것이리라.

캠프에 다녀오고 2주쯤 지난, 개학한 지 얼마 안 된 중2 어느 여름날이었다. 소희와 1학년 때는 같은 반이었는데 2학년이 되면서 반이 갈렸다. 아쉽게도 같은 반은 아니었지만 우린 매일 아침 같이 등교를 하고 집에 올 때도 같이 오곤 했기에 그럭저럭 잘 지냈다. 그러던 어느 날, 소희가 말도 없이 먼저 집에 갔다. 반장인 소희는 가끔 담임선생님의 심부름을 도맡아 하곤 했다. 그 날도 그러려니 하고 몇 십 분이고 소희네 반 앞에서 기다렸는데, 그 앞을 지나던 아이 하나가 아까 전에 소희가 갔다고 알려주었다. 나는 씩씩대며 나눔의 집으로 돌아왔다. 그런데 철제문 철장 사이로 낯선 사람들과 낯익은 얼굴 몇 개가 어우러져 있었다. 그러니까, 눈이 파란 부부와 원장 아버지, 그리고 소희였다.

"What's your name?"

"My name is kim so hee."

무슨 광경인지 감이 왔다. 나는 얼른 달려가 소희 손목을 낚아채 다락으로 올라갔다. 그리고 소희를 마구 다그쳤다.

"너 가면 나 확 죽어버릴 거야! 어딜 가, 어딜!"

소희는 그런 나를 달랬다. 원장 아버지와 보모 아주머니들이 화가 나서 다락문을 두들겼지만, 우린 그날 밤 다락에서 내려가지 않았다.

"바다 가까이 산대서, 그래서 그랬어. 나 아무데도 안 갈게."

그 놈의 바다, 바다, 바다. 나는 다락 구석에 있던 페트병을 집어 들었다. 그리고 그 안에 있는 조개들을 바닥에 우르르 쏟아내어 자근자근 밟아버렸다. 그렇게 분에 지쳐 잠이 든 나를 소희는 꼭 안아주었다. 다음 날부터 소희는 내게 바다 이야기를 하지 않았다.

이번에는 소희의 바다를 막아선 안 된다는 걸 알고 있었다. 소희는 밤새 나와 이런 저런 얘기를 나누다가, 내가 잠시 잠이 들었을 때 짐을 싸서 나눔의 집을 떠났다. 눈을 떴을 때 직감적으로 소희가 옆에 없음을 알 수 있었다. 하지만 이번엔 페트병을 집어던 지지도, 울지도 않았다. 문득 바라본 거울에 비친 내 눈에 바다가 넘실대고 있었다. 그 것은, 나의 바다였다.

음악, 시간, 그리고 네가 흐르면

오 예 슬

(대구혜화여자고등학교 2학년)

오늘부터 6개월 후인 8월 6일. 나는 죽는다.

1

아니. 더 정확히 말하자면 죽을지도 모른다. 그렇게 정해버렸다. 죽어야 할 이유가 없어서 택한 삶과 살아야 할 이유가 없어 택한 죽음. 대부분의 사람들은 이에 대해 전혀 고민하지 않는 듯 보인다. 어쩌면 그들 모두에게는 살아야 할 이유가 있는지도 모른다. 그렇다면 어째서 내게만 주어지지 않은 것일까. 그 흔해빠진 '사랑하는 가족, 힘이 되는 친구, 버틸 수 있도록 해주는 꿈'은 왜 애초부터 내 것이 아니었을까. 선택은 이미 끝이 났다. 하지만 나는 아직 어렸고 용기가 모자랐다. 사실은 아직도 그 끈질긴 기대를 버리지 못했다. 나는 매번 낙담하면서도 차마 버리지 못한 기대에게 6개월의 기간을 주기로 했다. 6개월 동안 '살아야 할 이유'를 찾지 못한다면 비로소 그만둘 때가 된 것이겠지.

〈D-day 180〉

변함없는 아침이다. 칠이 다 벗겨진 알람시계는 오늘도 어김없이 6시에 들썩거리며 울려댔다. 빛 한줄기 들지 않는 어둠과 아직까지 싸늘한 집안의 공기도 여전하다. 어기적거리며 방문을 열고 욕실로 걸어가 욕실 문을 여는 순간 뒷목이 오싹해졌다. 새벽 칼바람이 잠이 덜 깬 얼굴을 차갑게 스쳐지나갔다.

'하아.'

얕은 한숨을 내쉬며 맨발로 타일바닥을 성큼성큼 걸어갔다. 아무래도 아빠가 새벽에 다녀간 모양이다. 창문틀에 떨어진 담뱃재가 간밤의 연기를 말해주고 있다. 아빠는 지독한 골초였다. 그는 언제나 담배를 피웠고 집안에서도 마찬가지였다. 그러다보니 특히 겨울이 되면 코트에 담배냄새가 배었다. 하지만 나는 담배냄새가 지독하다는 사실도 이 집에서 냄새가 난다는 사실도 알지 못했다. 언제나 문을 열면 풍겨오는 정체모를 냄새를 그때까지도 사람의 머묾에 의해 풍기는 당연한 흔적이라 생각했다. 초등학교 3학년 겨울이었다. 쿵쿵거리던 옆 짝꿍이 역겹다는 듯 코를 틀어막으며 내게 말했다.

"너한테서 이상한 냄새가 나는데? 맡은 적이 있는 냄샌데, 언제더라? 아! 그래. 우리 아빠가 담배 필 적에 옆에서 나는 냄새다!"

대게 그 또래 아이들이 그렇듯 반 아이들은 짝꿍을 따라서 내 옷에서 나는 냄새를 맡기 위해 몰려들었다. 너도 나도 뱉어내는 한마디가 날이 선 비수가 되어 여리디 여린 마음에 비스듬히 박혔다. 그땐 뭐가 그리 서러웠던 걸까. 나는 숨 넘어갈듯이 엉엉 울며 집으로 뛰어갔다. 아무도 뒤따라오지 않았고 그래서 더 큰 소리로 울었다. 열쇠로 현관문을 열고 들어가는데 거실 TV 앞에 앉아 담배를 피우고 있는 아빠가 보였다. 인기척에 뒤돌아본 그는 놀란 듯 자리에서 벌떡 일어섰다. 나는 신발도 벗지 않고 그에게 다가가 까치발까지 들어가며 그의 손에 들려있던 담배를 낚아채 바닥에 던져버렸다. 코트까지 벗어 바닥에 던지고 난 뒤, 도망치듯 내방으로 들어가 문을 걸어 잠갔다. 이번에도 아무도 따라오지 않았다. 그날 이후, 아빠는 더 이상 집안에서 담배를 피우지 않았다. 엄마와 이혼하던 날에도 차가운 칼바람을 맞으면서 화장실 창문을 활짝 열어놓고 숨어서 담배를 피웠다. 다만, 한 번도 창문을 닫지 않았다. 집에 들어오는 날이 드물어진 요즘에도 마찬가지였다. 소름끼치도록 차가운 바람은 끈질기도록 내게 아빠의 존재를 인식시켰다. 얼른 창문을 닫고 학교에 갈 준비를 마쳤다. 장갑에 목도리까지 칭칭 두르고 문을 나섰지만 여전히 추웠다. 길가에는 등교중인 학생들로 넘쳐났고 차들이 아침부터 시끄럽게 경적을 울리고 있었다. 서럽게도 변함없는 아침이다. 사람이 죽을지도 모르는데 세상에는 티끌만큼의 동요도 일지 않았다. 마치 나 하나쯤은 어떻게 되어도 상관이 없다는 듯.

'탁'

불이 켜지는 순간 컴컴하던 방안이 밝아졌다. 손잡이를 꼭 잡은 채로 바닥에 털썩 자리에 주저앉았다. 일어날 힘도 없어서 발로 맞은편에 있던 의자를 쓱— 끌어왔다. 같은 지구상의 공간이라고는 생각할 수 없을 만큼 편안한 이곳은 내겐 여전히 안도감 그 자체였다. 컴퓨터 전원을 켜고 화면이 부팅되기 전 까만 화면을 멍하니 들여다보며 오늘의 선곡에 대해 생각했다. 매일 방송될 곡을 고르는 일은 내게는 아주 소박한, 그러나 유일한 일거리이자 즐거움이었다. 고민 고민 하는 사이 컴퓨터 부팅이 완료되었다. 우선 학교 홈페이지에 들어가서 신청곡을 확인했다. 언제나 그렇듯 그 곡이 그 곡이다.

‘괜히 고민했군.’

힘빠진 손짓으로 홈페이지를 닫고 이주의 히트top10을 다운 받았다. ‘유행에 민감한 청소년’답게 그들은 언제나 최신 유행곡만을 원했고. 어쩌다 한번 내가 ‘남들에게 들려주고 싶은 곡’을 선곡할 때면 게시판은 불만의 글로 넘쳐났다. 방송은 다수에게 맞춰져야 한다는 사실을 서서히 그리고 불편하게 깨달았다. 수없이 많은 경고 끝에 깨달은 진리 아닌 진리. 대충 1위에서 5위까지를 선곡 목록에 집어넣었다. 기계처럼 까딱까딱 움직이던 손가락을 멈추고 뚫어져라 모니터를 노려보았다. 언제나 그렇듯이 참으로 마음에 들지 않는 선곡표이다. 무슨 주문에라도 걸린 듯 부드러운 패드 위를 마우스가 움직였다. 그리고는 다섯 번째 곡을 끝내 지워버렸다. D-day 180일인 지금 어떤 곡이 가장 잘 어울릴까.

“반갑다. 3학년 5반을 맡게 된 물리과 이석훈이다. 다들 각오는 단단히 했겠지만 이 나라에서 고3생활은 쉽지 않을 꺼다. 하지만 피할 수 없는 일이니 최대한 열심히 해서 좋은 대학에 가길 바란다.”

175정도 되어 보이는 키에 조금 마른 남자. 살짝 휘어있는 어깨에서 무기력함이 묻어나는 이 사람은 자기를 ‘담임선생님’이라고 소개했다. 교실에 가득 찬 아이들의 표정에는 무언가 대단한 결심이, 두려움과 낙담이 문득문득 스쳤다. 아이들을 스윽 둘러보던 내 눈이 옆에 앉은 아이와 마주쳤다. 긴 머리에 조금은 창백하지만 사라지지 않을 생기를 띄고 있는 아이. 나와 눈이 마주친 순간 그 아이는 싱긋이 웃어 보였다. 모두가 긴장해서 공기조차 조심스레 흐르던 교실에서 눈치 없이.

‘뭔가 굉장히 강적이야’

나는 재빠르게 고개를 돌렸다. 계속 눈을 마주치고 있으면 왠지 나도 웃게 될 것 같았다. 나는 지금 웃을 처지가 아니다. 뻔하디 뻔한 첫 번째 조회가 끝나고 담임이 교실을 나갔다. 쾅—하고 문이 닫히고 교실은 여전히 조용했다.

숨 막히는 4교시가 겨우 지났다. 들어오는 선생님들마다 고3의 중요성에 대해 한 시간 내내 떠들어댔고, 그때마다 아이들의 눈은 생기를 잃어갔다. 굳이 말하지 않아도 다 아는 이야기인데 뭘 저리 열변을 토하는지. 혹 이 상황을 즐기는 것은 아닌가 의심까지 들기 시작했다.

의자에 아무렇게나 걸어두었던 코트를 껴입고 급식실로 향했다. 이미 저희들끼리 친해진 몇몇 아이들이 무리지어 앞서 걸어가고 있었다. 주위를 둘러보다가 문득 깨달았다. 혼자서 걸어가고 있는 사람은 나뿐이다. 그리 새삼스러운 일은 아니었다. 나는 언젠가부터 사람들과 친밀한 관계를 맺지 못했다. 깊은 관계는 항상 나를 힘들게 만들었다. 어떠한 대상 혹은 사람에 대해 믿음의 정도가 커지고 기대가 늘어갈수록 결국 모든 상처는 내 몫이었다. 상처를 입으면 깨끗이 잊고 다시 시작하는 다른 이들과 달리 내 흉터는 사라지기는커녕 번지기만 했다. 흉터는 피와 함께 굳어 버렸다. 개학 첫날부터 자리에 앉아서 이어폰으로 음악을 들으며 책을 들여다보고 있는 내 모습을 다들 어떻게 생각했을까.

최대한 빨리 점심을 먹고 교실로 들어왔다. 아직 방송은 시작하지 않았다. 자리에 앉아 보던 책을 꺼내 방송을 기다렸다. 첫째 줄만 5번째 읽을 때 즈음 교내 아나운서 목소리가 들렸다. 새 학기에 관한 멘트를 설렁설렁 흘려듣고 나니 음악이 흘러나왔다. 첫 번째 두 번째 곡이 흘러갈 때마다 삼삼오오 모인 아이들은 자기가 좋아하는 가수의 노래가 나온다며 큰소리로 따라 불렀다. 네 번째 곡이 끝나고 마지막으로 내가 직접 선곡한 노래가 시작되었다. 그때까지 방방 뛰어다니던 아이들은 걸음을 멈추고 필사적으로 다른 수다거리를 찾아냈다. 반 안에서 노래에 집중하고 있는 사람은 나밖에 없는 듯 보였다. 책장을 넘기던 손을 멈추고 늘 그렇듯 턱을 괴었다.

"노래 좋다."

하마터면 괴고 있던 팔이 미끄러질 뻔했다. 나도 모르게 소리가 나는 옆쪽을 돌아보았다. 그곳에는 아까와 같은 미소가 나를 향하고 있었다. 시선을 눈치 챈 그녀가 말했다.

"노래 좋지 않아?"

짧은 시간 안에 수 없이 많은 원고가 눈앞을 왔다 갔다 했고 가장 적절한 원고를 고르느라 머리는 빠르게 회전하고 있었다. 그러다가 시간의 촉박함을 느낀 나는 결국에는 힘없이 아무 말이나 툭 내뱉었다.

"좋은 것 같네."

"제목이 뭘까?"

잠시 망설였다. 어떻게 말하는 것이 좋을까. 설령 내가 제목을 말한다고 해서 내가 선곡한 음악이라는 것은 알지 못할 것이다. 사람들은 아나운서의 목소리에만 관심이 있을 뿐 선곡하는 사람이 따로 있을 것이라고는 생각도 하지 않았다. 심지어 방송부원들도 나에 대해서 궁금해 하지 않았다. 그들에게 나는 '일거리를 줄여주는 얼굴 없는 부지런한 선배'였다. 나또한 사실을 알리고 싶지 않았기 때문에 지금까지 비밀 아닌 비밀은 꽤나 잘 지켜졌다. 결국에는 저 아이도 알아채지 못할 것이다.

"글루미 선데이"

"우울한 일요일? 거 참 어울리는 제목이네. 집에 가서 찾아 들어봐야겠다! 고마워."

"응."

짧은 대답으로 그녀의 계속되는 시선을 막고 황급히 고개를 돌렸다. 또다시 숨 막히는 수업이 시작되었고 언제나 그렇듯 시간은 흘러 침대로 향했다. 명색이 결심 첫 번째

날인데 사소한 일만 빼면 모든 일은 지겹도록 단조로웠다. 다만 달력의 빨간 동그라미만이 낯선 초연함을 뿜어내고 있었다.

그녀의 이름은 세영. 신세영이다. 반에 한 시간만 앉아 있어보면 그녀의 이름쯤은 쉽게 알 수 있다. 모든 이들이 그 이름을 부르며 그녀의 자리 곁으로 몰려들기 때문이다. 그 중심에 선 그녀는 보이지 않는 존재감으로 가득 찬 빛을 내고 있었다. 눈부시지 않고 따뜻하게만 보이는 그 빛은 누구나 가까이 하고 싶어 하는 동경의 대상이었다. 빛에게 점점 사라져 가는 어둠은 최대한 빨리 몰아내야 할 '적'일 뿐일 테지.

〈D-day 178〉

"이 노래 맞지?"

뭐라 대꾸할 사이도 없이 내 머리에 커다란 헤드폰이 얹혀졌다. 진동판 사이로 흘러나오는 피아노 소리. '글루미 선데이'였다.

"영화 OST로도 쓰였던데 알고 있었어? 이 노래를 듣고 그렇게 많은 사람들이 자살했대. 다들 우울하다는데 나는 왜 이렇게 마음에 들지? 이유는 모르겠는데 그냥 그러네. 그 덕에 어제 새벽까지 영화 다 보고 잤잖아~. 이 다크써클 보여?"

그녀는 헤드폰을 계속 쓰고 있는 나를 보며 연신 떠들어댔다. 음악이 귀를 먹먹하게 울리는 순간 속에서도 그녀의 목소리는 피아노 선율보다도 더욱 선명하게 들렸다.

"아 참! 소개를 안 했지. 내 이름은 세영. 신세영이야. 이주은이지?"

신나게 떠들다가 말고 그녀는 불쑥 손을 내밀어 자기를 소개했다. 내 평생 없던 당황스러운 순간이었다. 나는 '정말로 인사할 때 악수를 하는 아이가 있구나'라는 쓸데없는 생각을 하며 그녀의 손을 잡았다.

〈D-day 100〉

어쩨 뒤통수가 따갑다. 보이지는 않지만 다 알 수 있다. 아마도 반 여자아이들 몇몇이 뒤쪽에 모여 나를 노려보고 있나 보다. 내 옆에는 언제나 그렇듯 수다스럽고 쾌활한 세영이가 연신 웃으며 떠들고 있었다. 오늘은 '라스베가스를 떠나며'라는 영화가 그녀의 이야기 주제이다. 아마도 어제 선곡한 '라스베가스를 떠나며'의 주제곡인 'Angel eyes'가 마음에 들었나보다. 그녀의 이야기에 적당히 고개를 끄덕이며 내일 방송할 곡에 대해 생각했다. 요즘 계속 조용한 음악만 틀었으니 내일은 신나는 곡을 틀어야겠다. 신나는 곡이라면… 'Bon Jovi 의 Livin' on a prayer?' 그녀가 좋아할지 모르겠다.

매일 밤 침대에 누워서 생각했다.

'내게 이유가 생겼는가'

그럴 때마다 머릿속에 떠오르는 한 사람. 가족도 친구도 꿈도 없던 내게 기꺼이 특별한 존재가 되어준 한 사람. 아직도 이유는 불충분한 것일까. 그날 밤 꿈에 빨간 동그라미가 자꾸만 흐려져 쉽사리 잠을 이룰 수 없었다.

2

생전 얼굴 한 번 본 적 없는 타인의 한마디에 모든 것이 힘없이 와르르 무너졌다.

"너 이자식! 그… 그럴 리가 없잖아! 돌팔이 주제에 내 딸이 뭐 어쩌고 어째? 다시 검사해! 다… 다시 검사하란 말이야! 돈이라면 얼마든지 낼게. 제발… 제발… 다시 검사해! 하란 말이야!"

의사는 멱살을 잡고 있는 남자의 손을 조용히 그러나 강하게 뿌리쳤다.

"저로써도 유감입니다. 이렇게 어린 나이에… 흔치 않은 케이스에요. 이미 수술을 하기에는 너무 늦었습니다. 최근에 급속히 암세포가 전이된 것 같습니다. 지금 와서 손을 쓴다는 건 무의미합니다. 힘드시겠지만 받아들이셔야 합니다. 따님을 위해 더 강해지셔야 해요.”

믿을 수 없다는 듯 가만히 서 있던 여자는 손으로 얼굴을 가린 채 병원바닥에 주저앉았다. 가느다란 손이 얼굴 위에서 사정없이 떨렸다.

“어째서죠… 어째서냐고요! 우리 아이는… 우리 아이는 정말이지 착한 아이였는데. 다 내 잘못이에요. 자꾸만 어지럽다는 그 아이를 나무랐어요. 학교에 가기 싫어서… 꾀병인 줄 알았는데. 그때 내가 병원에 왔더라면 그랬더라면 달라졌을 텐데. 다 내 잘못이에요… 나 때문에….”

네모난 진단실 안을 가득 채우는 그녀의 시린 절규. 가만히 눈물을 떨구던 그가 떨리는 그녀의 어깨를 감싸 안았다.

“당신 탓이 아니야. 누구의 탓도 아니야. 이건 그냥… 그냥….”

“우리 세영이 불쌍해서 어떡해요. 이제 겨우 19살인데. 앞으로 하고 싶은 일도 많을 텐데. 그 어린나이에 뭐가 잘못된 걸까요.”

절규가 흐느낌으로 바뀔 때 즈음, 그가 떨리는 목소리로 조용히 물었다.

“그럼 이제 어떻게 하면 되죠. 얼마나 남은 건가요”

“6개월 정도입니다. 방사능 치료를 하는 방법도 있겠지만 아까도 말씀 드렸듯이 무의미한 일입니다. 병실에서 고통의 시간을 보낼 뿐이겠죠. 차라리 평소처럼 생활하도록 하는 것이 세영이에게 더 좋을 겁니다. 당장 몇 달간은 별 문제 없겠지만 서서히 아주 서서히 눈에 보이지 않게 쇠약해질 겁니다. 마지막에는 산소 호흡기에 의지할 수도 있겠지요. 하지만 암이라는 병이 개인의 의지에 따라 달라지는 병입니다. 선고기간보다 훨씬 더 오래 사는 환자분도 여럿 볼 수 있어요. 희망을 잃으시면 안 됩니다.”

3

　웃긴 일이다. 도덕책에서 시키는 대로 길거리에 쓰레기도 안 버리고 신호등도 잘 지켰다. 친구들을 괴롭힌 적도 없고 공부도 나름 착실하게 했다. 최선을 다해서 '착실하게' 살아왔는데 어째서 내게 이런 말도 안 되는 일이 생긴 걸까. 이런 식으로 나를 배신해도 되는 건가. 슬프기보다는 화가 났다. 일주일동안 집안에 박혀 한 발자국도 나가지 않았다. 사람들을 볼 자신이 없었다. 나와 달리 미래가 있는 사람들을, 조금이나마 행복한 사람들을 보면 내 자신이 너무도 비참해질 테니. 그 일주일동안 가족들은 나보다 더 지쳐버렸다. 집안을 울리던 통곡소리는 서서히 잦아들었고 엄마는 자리에 누워 힘없이 천장만 주시했다. 아빠는 휴가를 냈는지 회사도 가지 않고 엄마를 대신해 끼니를 챙겼다. 내가 방에 있을 때는 아빠 역시 멍하니 앉아 있었다. 3살 어린 여동생은 집에 돌아오면 불안해하며 내 안부부터 물었다. 내 몸 안에 암세포는 예전과 같을 텐데 우리는 더 이상 예전과 같지 않았다. 아마도 내가 이 모든 것을 흔들어놓았나 보다. 그렇게 생각하니 견딜 수 없었다. 길지 않을 시간을 계속 이렇게 흐르듯이 보내고 싶지 않다. 예전으로 돌아가야 한다. 아무 일 없다는 듯이. 나는 살아야했다.

　아침 일찍 일어나 방학 내내 옷장에 묵혀 놓았던 교복을 꺼내고 책가방을 챙겼다. 머리를 감고 드라이기로 말린 후 빗으로 끝을 예쁘게 다듬었다. 모든 준비를 끝내고 거울 앞에 섰다. 누가 봐도 예전의 나이다.
　"학교 다녀올게!"
　나를 보는 가족들의 눈에 당황하는 빛이 역력했다.
　"뭘 그렇게 봐? 오늘 개학일이잖아. 나 이제부터 그 유명한 고3이야. 고3! 입시생이라구"

아무 말도 하지 못하는 가족들을 뒤로하고 재빨리 집을 나서며 문득 생각했다.
어쩌면 수능을 치지 못할지도 모르겠다.

8월 6일. 나는 죽는다.

4

〈D-day 50〉

2주째 세영이가 학교에 오지 않았다. 전화도 받지 않고 문자를 보내도 대답이 없다. 무슨 일이 생긴 걸까. 덜컥 겁이 났다. 이대로 그녀가 돌아오지 않는다면 나는 어떻게 될까. 기다림에 지쳐갈 때 즈음 그녀에게서 문자가 왔다.

"우리 집으로 와줄 수 있겠어?"

학교가 끝나자마자 문자 메시지에 적힌 그녀의 집 주소를 찾아갔다. 빨간 벽돌과 파란 대문이 아담하게 어우러진 주택. 떨리는 손으로 조심스레 벨을 눌렀다.

"딩동"

"누구세요?"

"안녕하세요? 저… 세영이 친구 주은이인데요"

"아! 주은이구나. 그래 어서 들어오렴."

어쩐지 애잔한 목소리가 대답했다. 현관문을 열자 40대 후반으로 보이는 여자, 40대 후반으로 보이는 남자, 세영이보다 어린 듯 보이는 남자아이가 나란히 현관 앞에 서 있었다. 마치 기다렸다는 듯이. 아마도 세영이의 가족들이겠지. 참으로 이상적인 가족이라는 생각이 들었다. 나는 한 번도 갖지 못한. 현관 앞에 우두커니 서있는 나에게 세영이의 엄마가 말했다.

"세영이는 지금 방에 있단다. 들어가 보렴. 음료수를 좀 내어갈게."

"아, 예."

나는 그녀가 손짓으로 가리키는 방으로 향했다. 손잡이를 돌리려는 순간 나도 모르게 손이 주춤했다. 단순히 손잡이가 너무 차가운 탓이라고 생각하며 방문을 여는 순간 심장 박동이 '툭' 하고 멈추었다. 그녀가 침대에서 반쯤 일어나 나를 보며 희미하게 웃고 있었다. 나는 그녀가 웃으면 항상 따라 웃는 버릇이 있었다. 그러나 이상하게 이번에는 웃음이 나오지 않았다. 그녀는 조금 달라보였다. 피부색은 희다 못해 창백했고 눈빛이 흐렸다. 보기 좋던 그녀의 몸은 그새 조금 야위었다. 아마도 조금 아픈가보다.

"와줘서 고마워. 나 없으니까 학교가 재미가 없지?"

그녀가 바보처럼 웃어 보이며 말했다. 나는 들고 있던 책가방을 침대 옆에 내려놓으며 장난치듯 물었다.

"3주 동안 학교 안 나오더니 아픈 거야? 비실비실하기는. 요즘 독감 유행한다던데 독감? 잠깐! 그럼 나도 옮는 거 아닌가."

"독감? 헤헤. 독감도 괜찮네."

"참 절묘하게 아프네. 덕분에 무용수행평가도 안 치고 국사 쪽지시험도 안 치고"

"그런 거, 처음부터 칠 필요 없었어…."

그녀가 조용히 말끝을 흐렸다. 다시 말을 이으려던 차에 세영이 엄마가 문을 열고 들어오셨다. 손에는 치즈케익과 오렌지 쥬스가 얹혀있는 쟁반을 들고서.

"글쎄 우리 세영이가 주은이 온다고 얼마나 닦달을 하던지. 치즈케익 좋아한다며? 맛있게 먹으렴."

"감사합니다."

　쟁반을 받아든 우리는 게걸스럽게 음식을 먹어치웠다. 같이 노래를 들으며 웃고 떠드는 동안 그녀는 겉모습만 조금 지쳐 보일 뿐 내가 아는 세영이었다. 여전히 따뜻한 빛을 뿜어내고 있었고 나는 안심했다. 시간은 빠르게 흘렀고 아쉬웠지만 이제는 집에 가야 할 시간이었다. 집에 가도 반겨주는 이 하나 없겠지만 나는 한 번도 외박을 한 적이 없었다. 자고 가면 어떻겠냐는 그녀의 말에 내일 또 오겠노라 약속하며 책가방을 메었다.

　"참, 도대체 어디가 아픈 건데? 독감이 아니라며. 설마 꾀병?"

　내 말에 세영이는 아무런 대답도 하지 않았다. 기분 나쁜 정적이 맴돌았다. 나는 이 정적이 정말 싫다. 매번 이런 정적이 나를 덮칠 때마다 내 삶은 더욱 힘들어졌다. 그녀는 팔을 뻗어 책상 위에 있던 탁상 달력을 내게 건네주었다. 나는 반사적으로 탁상 달력을 넘겼다. 휙휙 넘어가던 달력이 멈추었다. 순간 이 달력이 내 달력이 아닌가. 의심했다. 8월 6일. 나와 같은 날에 빨간 동그라미가 그려져 있었다.

　"8월 6일이야."

　"뭐… 뭐?"

　그녀가 어떻게 알았을까. 그녀는 한 번도 우리 집에 온 적이 없었다. 사람의 온기라고는 느껴지지 않는 곳에 그녀를 초대하는 일이 두려웠다. 언젠간 내 달력을 버리는 날 그녀를 초대하리라 마음먹고 있던 참이었다.

　"어쩌면 말이야 그보다 더 빠를지도 몰라. 나 말이야. 많이 아프거든."

　달력이 힘없이 바닥에 툭 떨어졌다. 도대체 저 아이는 무슨 소리를 하고 있는 걸까. 8월 6일에 죽는 사람은 바로 나였다. 아니 어쩌면 아무도 죽지 않을지도 모른다. 울컥 화가 치밀었다. 알아듣지 못하는 말은 질색이다.

　"도대체 뭐라는 거야? 뭐가 더 빠를지도 모른다는 건데?"

그녀의 야윈 손 위로 눈물이 한 방울 툭 떨어졌다.

"암이래. 웃기지? 나처럼 어린애가 암이래. 무슨 영화도 아니고. 6개월 선고받았어. 2월 6일에."

2월 6일. 내 생에 가장 절망적인, 동시에 가장 희망적인 날이었다. 죽을 결심을 했었고 세영이를 만난 날. 그녀에게 2월 6일은 어떤 날이었을까. 눈물이 멈추지 않았다. 얼굴을 타고 흐른 눈물이 바닥에 툭툭 떨어졌다. 아무래도 나 때문인가 보다. 내가 바보같이 죽을 결심이나 해서 하느님이 벌한 모양이다. 내게 희망을 준 사람이, 빛이 되어준 사람이, 이유가 되어준 사람이 내가 죽어야 할 날에 죽는단다. 오늘 집에 가면 달력을 버리려고 했는데. 더럽도록 절묘한 우연 혹은 운명이다.

매일매일 그녀의 집에 찾아갔다. 의연한 척 행동했지만 날이 갈수록 야위는 그녀를 보는 일이 견딜 수 없이 슬펐다. 매번 현관문을 닫을 때 떨어지는 눈물을 그녀는 보았을까. 빛은 점점 흐려졌다. 살은 더 빠졌고 핏줄이 얼굴에 비쳤다. 긴 머리가 조금씩 빠지기 시작하자 그녀는 거울을 들여다보며 눈물을 글썽였다. 어느 날은 약을 투여받고 있었고 어느 날은 산소 호흡기를 달고 있었다.

그녀가 없는 학교생활은 무의미했다. 이런 저런 핑계를 대며 결석하는 날이 많아졌고 그럴 때마다 나는 세영이의 곁을 지켰다. 잡을 수 없는 시간은 자꾸만 흘러갔다. 계절이 바뀌었지만 그녀의 병세는 호전될 기미도 보이지 않았다.

<D-day 4>

8월 2일. 세영이의 상태가 급격히 악화되어 병원에 입원했다. 희미하게 남아있던 의식마저 잃은 후, 의사는 우리에게 준비를 하는 것이 좋겠다고 했다. 도대체 무엇을 준

비하란 말인가. 사람이 죽는다는데 준비가 되기는 되는 걸까. 그녀의 차가운 손을 밤새
도록 잡고 있었지만 좀처럼 따스해지지 않았다.

〈D-day 0〉

8월 6일 새벽, 희미하던 그녀의 심장이 조금씩 강하게 뛰기 시작했다. 흥분한 가족들
과 나는 병상에 모여들었고 잠시 후 눈꺼풀이 파르르 떨리면서 그녀가 힘겹게 반쯤 눈
을 떴다. 모두들 숨죽이고 그녀를 바라보았다. 조그만 목소리가 얇게 새어나왔다.
"우리, 다음에는 더 오래 만나요. 고마웠어요."
삐—
병실에는 지친 울음소리가 맴돌았다.

5

그녀는 정말로 딱 6개월 후인 8월 6일 세상을 떠났다. 바보 같은 하늘이 세영이와
나를 착각해서 목숨을 바꾸어 거두어 간 것은 아닐까 수천 번 수만 번 생각했다. 절망
의 끝에 찾아낸 내 삶의 이유가 그렇게 떠나버렸다. 절망적이었다. 그녀의 장례식을 마
치고 난 후 아무 일도 할 수 없었다. 더 이상 선곡도 하지 않았다. 멍하니 앉아 시간이
흘러가기만을 기다렸다. 어느 날 잠잠하던 전화기가 울렸다.
"주은이지? 요즘 어떻게 지내는지 걱정이네. 바쁘겠지만 우리 집에 잠깐 들러줄 수
있겠어?"
세영이의 엄마였다. 세영이가 없는 집에 내가 가도 괜찮은 걸까. 난 그럴 자격이 없
는데. 나 때문에 가족들이 더 힘들어질지도 모른다.

“와줘서 고마워. 그냥 주은이에게 이걸 보여주고 싶었어. 알아야 할 것 같아서.”
그녀는 봉투에서 x-ray사진과 ct사진 그리고 잡다한 서류들을 내려놓았다.
“이게 뭔가요?”
“세영이꺼야. 한번 읽어볼래?”
그녀가 건넨 문서를 집어 들고 천천히 읽어나갔다. 서류에는 세영이의 이름, 병명, 처방전이 자세히 적혀 있었다. 한 줄씩 읽어 나갈 때마다 눈앞이 흐려졌다. 내가 미처 알지 못했을 그녀의 아픔이 더 가까이 다가왔다. 드디어 마지막 줄이었다.

선고일 : xxxx년 2월 6일
예상 생존 기간 : 3개월

힘겹게 억누르던 눈물이 기어이 비집고 나와 종이 위에 떨어졌다. 글자가 번져 자꾸만 흐려졌다. 나의 이유였던 그녀는 떠났고, 그녀의 이유였던 나는 여기 이곳에 남았다.

삶을 연주하다

김 나 엽

(광주경신여자고등학교 3학년)

일요일 아침, 어머니는 다시 통기타를 어깨에 둘러맨다. 공명통이 있는 통기타는 어머니의 몸 곳곳에 부딪치면서 퉁퉁 소리를 낸다. 청명한 소리는 방 한 칸 있는 작은 집을 촘촘히 채워나간다. 군데군데 어머니의 손때가 묻어있는 통기타는 그동안 어머니와 함께 해온 오랜 세월을 말해주는 듯하다. 하지만 6개의 현은 새하얬다. 어머니가 현만은 짱짱하게 새 것으로 자주 바꾸었기 때문이다. 방 한 구석에 비스듬히 세워놓은 통기타를 볼 때마다 어머니의 얼굴에는 자랑스러워하는 표정이 스쳐 지나갔다.

하얗게 빛나는 햇살이 어머니의 얼굴을 비춘다. 창을 등지고 앉은 어머니의 얼굴이 해사하게 밝다. 어머니의 손가락이 현 하나를 퉁겼다. 통기타 안에서 울려 나오는 소리는 나를 살며시 미소 짓게 했다. 어머니가 통기타를 연주하던 모습을 본 적이 있었다. When I Dream이라는 곡이었는데 잔잔하게 울리는 음율이 은근히 낭만적이었다. 어머니는 그럴 땐 꼭 보이지 않는 어느 세계를 거닐고 있는 것처럼 보였다. 하프를 타는 천상의 어느 여신처럼. 현 하나 하나를 퉁기면서 작게 읊조리는 노래 가사도 꿈결처럼 아름다운 것만 같았다.

"북소리 같이 둔탁하지도 않고 그렇다고 경망스럽지도 않은 이 소리가 나는 참 좋아. 단순한 줄들이 여러 음색을 내는 게 얼마나 신비롭니. 마술이 달리 마술이니. 이런 음악이 줄을 타고 나온다는 게 마술 같아."

언젠가 말하던 어머니는 꼭 소녀 같았다.

요즘도 통키타를 여자가 연주한다는 건 그리 흔한 일이 아니다. 취미로 몇 번 퉁겨 본 아이들은 피크도 제대로 잡지 못하고 현을 누르고 있던 손가락이 아파서 포기했다는 애들도 있었다. 피아노를 연주한다면 고상해보이면서도 통키타를 치겠다고 하면 굴곡 많은 인생을 살 사람처럼 보이는 건 왜였을까. 그래서 어머니는 할아버지 몰래 통기타를 배웠다고 한다. 포크송을 몰래 펼쳐보다가 할아버지만 보이면 이내 영어 단어를 외우는 척 했다고.

"그러다가 네 할아버지한테 어느 날 딱 걸려버린 거야. 손이 부들부들 떨리고 이젠 죽겠구나 싶었다니까. 기타 배우고 싶으냐고 물어보는데 나도 모르게 그냥 고개를 끄덕이기만 했어."

어머니는 내게 당신의 통기타를 쥐어주면서 말씀하셨다. 근데 정말 놀랍게도 할아버지가 통기타를 치실 줄 아는 거 있지. 나도 놀랐다. 손을 그렇게 잡는 게 아니지. 이렇게 힘이 없어서 음이 제대로 나겠느냐. 코드를 제대로 외워야지. 하나에서 열까지 척척 가르쳐 주시는데 입이 쩍 벌어지더라. 어머니는 통기타를 배우는 것보다 할아버지가 전해주는 그 마음과 그 사랑이 더 아름다웠다고 말했다.

할아버지의 영향으로 어머니는 많은 기타리스트들의 이름을 꿰고 있었다. 어머니는 한가로운 때에 그들의 음악에 대해 논하는 것을 좋아했다. 아버지를 처음 만난 것도 그런 자리에서였다. 같은 대학에 다니던 두 분은 서로 좋아하는 기타의 종류와 기타리스트에 대해 이야기하다 보니 서로 통한다는 것을 알게 되었고 그것이 자연스럽게 결혼까지 하게 되었다. 어머니는 여전히 나를 앉혀놓고 기타를 가르치려고 했다. 그럴 때면 두 손으로 통기타를 꼭 끌어안는 어머니는 그때만큼은 정말 기타리스트인 것처럼 느껴질 정도였다.

하지만 아버지와 어머니가 모두 기타에 빠져 있었음에도 나는 딱히 그것에 흥미를 느끼지 못했다. 기타를 치면 먹고 살기 힘들다는 말을 바로 옆에서 느꼈기 때문일까. 어머니는 내가 기타에서 흥미를 찾지 못하자 적잖이 실망하는 듯 했다. 당신과 같은 길을 걷길 바랐을까. 그래서 음악학교에 진학하고 싶어 했던 자신의 못다 이룬 꿈을 내가 실현해 주기를 바랐을까.

통기타를 치는데도 딱히 변변한 직업이 없는 어머니는 일주일에 한 번씩 동네에 있는 라이브 카페에서 기타를 치며 노래를 불렀다.

"엄마, 아무리 기타가 좋아도 그렇지 밤무대는 좀 아니잖아. 어디 가서 엄마 직업 물어보면 뭐라고 해? 창피하게."

어머니가 처음 무대에 나가 통기타를 치고 온 날, 어머니의 몸에 배인 술 냄새에 발끈해서 소리쳤다.

"양로원 같은 데서도 충분히 할 수도 있는 거잖아. 할머니랑 할아버지들 즐겁게 해드리면서 봉사활동 같이. 꼭 그런 곳에서만 기타를 쳐야 진짜인 거야?"

어머니는 그저 아무 말 않고 통기타를 방구석에 세워두기만 하셨다. 나는 그런 어머니를 도저히 이해할 수 없었다. 나에게는 그렇게까지 하고 싶었던 일이 없어서 이해하지 못하는 건 아닐까 생각했지만 나는 그 생각을 곧 지워버렸다.

어느 날 아버지가 내게 다가와 의미심장한 목소리로 오늘 어머니가 일하고 있는 라이브 카페에 가보지 않겠냐고 물어왔다. 나는 미간을 잔뜩 찌푸리며 고개를 세차게 저었다. 어머니의 통기타 연주를 보는 것은 좋았지만 그런 장소에서 연주를 하는 어머니는 보고 싶지 않았다. 어쩌면 라이브 카페가 술집이라고 생각했기 때문일 수도 있었다. 하지만 나는 아버지의 눈초리 때문에 반 강제로 끌려가게 되었다.

카페 앞에는 오늘의 공연을 알리는 팻말이 붙어 있었다. '기타리스트 임정옥'이라고 쓰여 있었다. 엄마가 기타리스트라니, 나는 작게 말하며 아버지를 따라 안으로 들어갔다.

조명은 그 누구도 아닌, 어머니 한 사람만을 비추고 있었다. 청바지를 입고 다리를 꼬고 앉아 통기타를 연주하고 있는 어머니를 사람들은 신기한 듯 바라보고 있었다. 사람들의 눈초리는 절대로 취해 있지도 않았고 감미로운 기타의 음률에 감동이라도 받은 듯 깍지를 끼고 지켜보는 사람도 있었다. 어머니가 왠지 낯설다는 느낌이 들었다. 집에서 기타를 연주하던 어머니는 그냥 푸근하기만 했는데.

"네 엄마가 평생 바래왔던 순간이다. 기타리스트로 자신의 이름을 알리는 것. 지금 네 엄마 표정에서 확실히 드러나지? 임정옥이라는 이름으로 기타를 치고 있는 지금이 그 어느 때보다 가장 행복할 거다."

아버지는 내게 귓속말로 말했다. 나는 무대 바로 앞에 앉아 어머니를 물끄러미 바라보았다. 분명 어머니가 맞다. 아침이면 나를 깨우고 야단치고 찌개의 간을 보던 우리 어머니. 그런 어머니가 통기타를 쓰다듬듯 연주하고 있는 모습은 진정으로 행복해 보였다. 나와 눈이 마주친 어머니는 가볍게 웃어 보였다. 나는 저렇게 무엇인가에 빠져 행복해 했던 순간이 있었던가?

어머니는 단순히 기타 하나를 연주하고 있는 것이 아니었다. 바로, 자신의 삶을 연주하고 있었던 것이다. 어머니로서, 여자로서, 딸로서의 삶을 조화롭게 이끌어내어 한 곡의 아름다운 선율로 사람들의 가슴에 잊혀지지 않는 노래를 선사하고 있는 것이었다. 공명통 안에서 맴돈 공기가 사람들 사이를 보이지 않게 날아다니는 것 같았다. 기타리스트 임정옥. 그것은 어머니의 삶의 또 다른 이름이었다.

너를 견디다

이 장 희

(유성여자고등학교 3학년)

1교시 수업시작 종이 울렸다. 반애들은 부산스런 움직임을 끊고, 무조건 제 자리에 앉아있어야 했다. 곧이어 교실 문을 열고 들어선 선생님이 교탁 앞에 섰다. 아이들은 쥐죽은 듯 책장만 넘겼다. 굳은 표정으로 교실 안을 훑던 선생님의 시선이 한 곳에 멈춰섰다. 빈 자리였다. 몇몇 아이들은 선생님의 시선을 따라 그곳을 보기도 했으나 흥미를 잃고 다시 교과서로 눈길을 돌렸다.

그때였다. 복도 창문 쪽에서 흐릿한 실루엣이 어른거렸다. 느릿느릿한 걸음이 효과음이라하기보다는 신경을 거슬리는 불협화음처럼 들렸다. 그 소리의 주인공은 떨어뜨린 자기 걸음의 흔적을 애써 끌어 모으며 교실로 다가오더니 불쑥 뒷문이 열렸다. 조용한 교실의 흐름을 깨는 침입자에 아이들의 고개가 뒷문 쪽으로 휙휙 돌아갔다. 서른 명의 시선이 날선 적의로 팽팽하게 꽂히자, 뒷문에 서있던 침입자가 멋쩍은 듯 머리를 만지작댔다. 나는 책상에 손을 올린 채 선생님의 반응을 주시했다.

"··· 다음부턴, 조금 더 일찍 교실에 들어와라."

역시 늘 이런 식이다. 별 다른 지적 없이, 간단히 할 말을 마친 선생님은 교탁을 두드리며 분산된 애들의 주위를 모았다.

"자, 주목! 지난 시간에 어디까지 했나? 복습하고 오늘 진도 나가도록 하자!"

선생님의 지시는 수업태도의 바른 자세를 강요했으나, 교실 안은 조용히 술렁였다. 저들끼리 속닥거리는 애들의 입모양과 흘끔대는 눈초리가 곱지 않았다. 끈끈하게 달라붙어 있던 시선이 떨어지자 비로소 자리로 걸어 들어오는 그가 보였다. 그의 뒷통수에 껌처럼 달라붙었던 나의 시선 또한 질기고 난감했다.

일 주일 앞으로 다가온 체육대회에 반 분위기는 어딘가 촛점이 맞지 않는 렌즈처럼 분절되어 산만했다. 아이들은 체육대회에 참가할 종목을 정하느라 벌집 찾는 벌떼처럼 여기저기 쑤시며 왕왕거렸다. 학급회의 시간이었다. 반장인 나는 분필을 쥐고 칠판 앞에 서 있었다. 고개를 털다 순간 그 애와 눈이 마주쳤다. 찰나였지만 그의 어수룩한 눈빛에서 희미한 열기가 흘러나오고 있음을 느꼈다.

"야, 야! 다들 조용히 해봐. 대충 개인 종목은 다 정한 거지? 그럼 남은 건 계주 하난데 말야. 누가 하는 게 좋을까?"

나직하게 힘을 넣은 목소리로 말을 꺼내며 아이들의 시선을 끌어 모았다. 그리고 천천히 시선의 폭을 좁혀가며 반을 둘러봤다. 그리고 이내 나의 눈이 멈춘 곳은 나를 멀뚱히 쳐다보고 있는 그 애의 자리였다. 나는 다부지게 입술 끝을 말아 올렸다. 나의 의도를 알아차린 반 아이들한테서는 아무런 반응이 없었다. 그러나 지금껏 그 애에게 쌓였던 불만은 계주 1위의 값진 영광보다 더욱 달콤한 유혹임을 수긍한 듯 교실 안은 급속도로 냉각되어갔다. 모두의 시선이 희번뜩한 빛을 발하며 일제히 자신에게 쏠리자 그는 당혹스러운 듯 눈알을 뒤룩거렸다. 나는 조금도 물러 설 생각이 없었다.

"그러고 보니 지호는 아직 아무 종목도 선택 안했네? 그럼 남은 게 계주뿐이니, 계주하자."

일방적인 나의 결정에 반 아이들 그 누구도 이의를 제기하지 않았다. 외양은 얼핏 나의 독단처럼 보였으나 거의 모두가 원하던 암묵적인 동의였기에 나는 냉정한 표정을 지으며 의기를 모았다. 등을 내보이며 돌아선 채 칠판에 천천히 이름을 새겨 넣듯이 써 내려갔다.

'계주 ― 강지호'

계주는 나까지 포함해 총 5명으로 정해졌다. 겉으로 별탈이 없어 무난한 팀으로 보여졌다. 그러나 이내 예견된 문제가 불거져 올랐다.

"야! 제대로 좀 못하냐? 뛰는 폼이 꼭 거북이 같아서는."

"이번에 꼴등하면 알아서 해! 그러면 다 네 책임이야."

아이들은 수시로 언성을 높이며 화풀이를 해댔다. 아이들에게 치이는 강지호의 모습을 볼 때면 마음속에 눌러둔 일말의 죄책감이 올라왔으나, 알아도 모르쇠였으니 그냥 지나쳤다. 그렇게 나를 포함한 우리 반 아이들은 의도한 치졸함의 채찍으로 강지호를 부리며 연습을 명목으로 내세워 그의 불편한 다리를 갈겼다.

그 날도 학교 수업을 마치고, 계주팀 애들과 함께 운동장에 남아 연습을 하고 있었다. 체육대회가 이틀 앞으로 다가왔다. 반 아이들 어느 누구라도 우리 반 계주 결과가 어떠하리라는 걸 한결같이 예측하고 있었다.

굳이 그러면서도 강지호를 끌어들이는 것은 평소 그에게 향한 선생님들의 특수한 차별이 지나치다고 느꼈던 아이들의 보상심리가 삐딱하게 발동한 것이다. 그렇게 강지호는 우리들이 겪었던 분노의 시간을 성치 않은 다리로 절뚝거리며 제 몫의 구간을 버텨야 하는 상황이었다.

　급기야 일이 터졌다. 강지호에게 운동장 5바퀴를 돌아야한다고 말한 다음에 우리는 멀찍이 앉아 대리 만족의 희열을 느끼며 낄낄거릴 때였다. 마침 교무실에 남아있던 담임선생님이 운동장에서 벌어진 모습을 보았던 것이다.

　학교는 발칵 뒤집어졌다. 반 아이들은 하나씩 줄줄이 불려나가고, 나 역시 원인 제공자이며 반장으로 중첩된 책임한계의 검열망을 빠져나올 수 없었다.

　그러나 정작 중요한 강지호 본인은 입을 다물고 있었다. 취조실의 형사처럼 눈빛을 번득이며 아이들을 조여도 강지호 한 명의 위력이 더 컸다. 반 아이들과 담임선생님까지도 과연 그 입에서 어떤 결정이 나올 것인가 하며, 우리 모두 가슴을 졸이고 있었다.

　그러나 우리들은 의외의 소리를 들을 수 있었다. 강지호는 천진스러우리만큼 그 멀뚱한 얼굴로, 그냥 달리겠다고 말했다. 담임 선생님은 오히려 그런 그를 말렸지만 강지호의 묵묵한 고집에 물러설 수밖에 없었다.

　체육대회의 막이 올랐으나 심상치 않은 기미를 애써 감춘 듯 날씨는 유난히 쾌청했다. 그러나 모래 한 웅큼 집어 먹은 것 마냥 속이 깔깔했다. 게다가 강지호의 뒷통수에 눈이 닿으면 더부룩한 심기가 더께처럼 얹혀 아예 쳇증이 되었다.

　불편한 마음을 애써 누르고 레일 앞에 섰다. 우리 반 3번 주자가 일등으로 달리고 있었으나 그보다 맞은편 레일에 대기하고 서있는 강지호를 유심히 지켜봤다. 멀어서 얼굴 표정은 보이지 않았지만 분명 나보다 더 복잡한 심경일지도 모른다는 생각이 언뜻 들었다. 끝내 달리기에 나선 그 완고한 고집의 정체가 무엇이었을까?

　내 차례에 바톤을 순조롭게 넘겨받았다. 나는 오로지 이 순간 나의 구간을 날듯이 달렸다. 그리고 고개를 들었을 때 눈 앞에 강지호를 보았다. 그날 교실 안에서 마주쳤던 눈빛 속의 그 희미한 열기가 환하게 실체를 드러냈다. 이글거리며 타오르는 불꽃 같은 열기는 생명으로 충만했다.

그 완고한 고집이 불꽃을 피워 오르는 심지라는 걸 감지했다. 그는 내가 쥐고 달렸던 바톤을 넘겨받았다. 바톤을 쥔 자가 정해진 구간을 달려야한다. 이제 그가 달려야 할 시간이다.

순간 세상이 정지해 버린 듯 아득한 착각에 사로잡혔다. 몇 초전만 해도 귀에 시끄럽게 스쳐 지나가던 세찬 바람소리와, 전교생의 응원소리가 함께 버무려진 그 모든 소리들이 저 심연 어딘가로 모아져 빠져 나가는 듯 했다. 내 손을 빠져나가는 바톤과 어설픈 몸짓으로 힘겹게 뛰어가는 그의 뒷모습이 완만하게 재생(再生)되고 있는 거대한 스크린 앞에서 모두는 숨죽인 채 절정의 결말을 기다리고 있는 것 같았다.

이내 다른 반 애들이 마지막 바톤을 이어 받고, 강지호를 앞질러 나가는 것이 눈에 들어왔다. 하나, 둘… 그들은 나와 그를 지나쳐 갔다. 운동장조차 숨을 멈추고 있었다.

기우뚱거리며 달려온 그의 보폭은 출렁거렸다. 결승선을 넘으며 마지막으로 내딛은 발자욱이 도장을 찍듯 그의 구간을 완주했다. 드디어 전교생 모두가 함성을 내질렀다. 가까운 곳에서 폭죽이 터진 것마냥 나는 몸을 부르르 떨었다. 순간 학교 건물이 조금 기울었을지도 모른다.

강지호 주변으로 몰려든 아이들은 에움을 만들며 서로를 부둥켜안았다. 나와 반 아이들, 그리고 강지호 그 자신. 우리는 서로를 견뎌냈다. 그의 달리기보다 느린 나의 발걸음에 속도를 붙여 반 아이들과 한 무더기로 뭉쳐있는 그를 향해 뛰어갔다.

수영을 사랑해

정 지 윤

(선주고등학교 3학년)

S#1(하이라이트. 소연의 집.)

화면. 회색빛의 흑백. 한 쌍의 부부가 무척 좋은 집의 넓은 거실에서 부부싸움을 하고 어린아이가 자기 방의 문틈으로 지켜보고 있다. 어머니가 일방적으로 화를 낸다. 아버지 무언가 참는 듯하다가 어머니의 뺨을 때린다.

S#2(하이라이트. 소연의 아파트 1층 현관)

화면. 회색빛의 흑백. 어린 소연의 손을 잡고 어머니는 다른 손에 짐가방을 들었다. 어머니와 소연 어디론가 차를 타고 가버리고, 아버지 뒤따라 나와 지켜만 본다. 어머니 차 뒷자석에서 울고 있고 어린 소연, 뒤를 돌아 뒷유리로 아버지를 본다. 아버지 떠나는 차를 바라보다가 뒤따라 나온 여인과 팔짱을 끼고 다시 집으로 들어간다.

S#3(하이라이트. 소연의 새 집)

　화면. 회색빛의 흑백. 초등학생의 소연 넓은 집에 외롭게 혼자 있다. 어머니 낯선 남자와 집에 들어온다. 소연은 화를 내며 방에 들어가 버리고 어머니와 남자 거실에서 술을 마신다. 어머니 남자에게 통장과 도장을 건넨다. 잠시 후 어머니가 울고 있다. 소연이 그 모습을 지켜본다. 둘은 더 작은 집으로 이사를 한다. F.O

S#4(중학교 졸업식장.)

　F.I 늦은 겨울 '축 졸업'이라는 현수막이 걸린 교문. 졸업식 노래가 들리고 카메라 강당을 비춘다. 강당 안 교장선생님이 말씀을 하시고 있다. 이내 졸업식이 끝나고 아이들은 교문 밖으로 나간다.

유재환　(김수영의 어깨를 툭 치며) 니들 이제 어디가?

김수영　집. 졸업이 뭐 별거냐? 얼굴 안 보고 살 것도 아니고. 엄마 아빠는 오지 말랬더니 할머니까지 오셔서 귀찮아 죽겠어. 피곤해. 집에 가서 잘래.

신소연　(말없이 김수영을 바라보고 있다. 표정이 못내 아쉽다.) …

유재환　야~ 넌 애가 끝까지 왜 그러냐? 마지막인데 아쉽지도 않냐. 그래 둘이 같은 학교니까 상관없다 이거야?

김수영　(놀리듯이) 어이구 재환이 그렇게 서운했져요~? 너 친구 우리밖에 없는데 남고 가서 왕따나 안 당할지 몰라.

신소연　(웃는 얼굴로) 왜그래~ 얘 안그래도 서운할텐데. 그치 재환?

김수영　어라? 신소연! 너가 내편 안들고 유재환 편을 들었다 이거지?

신소연　(애교섞인 목소리로) 아~수영~ 그런 거 아니지~ 재환이 불쌍하잖아아~

유재환   아이고 고맙다 그래. 진짜 갈꺼냐? 그럼 사진이라도 찍을까? (가방을 뒤적
          이며 디카를 꺼낸다.) 내가 너네 이럴 거 다 알고 또 디카 챙겨왔지!
김수영   오 역시~ 짜식!(재환의 등을 툭 치며)

셋이 나란히 서고 재환의 아빠가 사진을 찍어준다. 소연은 앞을 보며 웃고 있다. 재
환 김수영을 힐끔 바라보고 김수영 재환을 힐끔 바라본다. 눈이 마주친 두 사람 활짝
웃는다. 사진을 찍고 화면 그대로 정지. 타이틀 [수영을 사랑해] 입력된다. 카메라 멀어
지며 사진이 그대로 다른 사진이 된다. 다시 사진을 클로즈업 하자 사진 속에 김수영과
재환 화면을 보며 밝게 웃고 있고 소연 그다지 환하지 않은 얼굴로 김수영의 옆모습을
향해 고개가 돌아가 있다.

S#5(이른 봄 입시학원 복도)

아이들 교복을 입고 분주히 왔다갔다 하고 있다. 카메라 뒤에서 지나가고 있는 김수
영을 따라가 옆으로 돌아 얼굴을 비춘다. 수영 깜짝 놀란다.

김수영   엄마 깜짝이야!(재환이를 발견하고) 너 뭐야? 여기 다녀?
유재환   (밝게 웃으며) 히히히 응! 너도 여기 다녔냐? 몰랐네~
김수영   어우. 좀 아쉬워지나 했더니 또 지겹도록 보겠네. 징그러운 자식.
유재환   야 그러지마~ 이게 뭐 보통 인연이야? (능글맞게 웃으며) 오빠 얼굴 볼 생
          각하니까 벌써부터 막 행복하지? 싫은 척 해도 다 알아~
김수영   아 예 오빠~? (정색하며) 싫은 척이 아니라 진짜 싫거든?
유재환   (난처한 표정) 그… 그래? 아 난 반가운데 어쩌지? 하하

김수영   (웃으며) 됐어 임마. 너한테 농담이나 하고 내가 미쳤지.

뒤에서 호감형의 외모를 가진 남자아이 하나가 재환의 등을 툭 치고 말을 건다.

한수영   야 뭐하냐? (김수영을 보더니) 여자친구야?
유재환   응? 아… 아니 아니야. 여자친구는 무슨. 그냥 친구야.
한수영   지랄… 속일 사람을 속여라. 딱 봐도 여친이구만 뭘.
김수영   미쳤니? 내가 이런 애랑 사귀게?
유재환   야! (둘 사이를 번갈아 바라보다가) 아참! 재밌는 거 알려줄까?
           (김수영을 바라보며) 수영아!
김수영, 한수영   (동시에 유재환을 쳐다본다.)
유재환   하하하하하. 야 한수영. 나 김수영이 불렀는데? 재밌지? 생각해 보니까 너
           네 둘 다 수영이더라.
김수영   오냐 엄~청 재밌다. (비꼬는 듯한 말투지만 얼굴은 웃으며 한수영을 바라본
           다)
한수영   반갑다. 저 자식 나 볼 때마다 이상한 눈빛으로 쳐다보길래 게인 줄 알았더
           니. 여자친구가 수영이였구나.
김수영   여자친구 아니라니까!

종이 울린다.

김수영   (당황하며) 어! 아씨 너네때매 화장실 못 갔잖아! 오줌싸겠네. (화장실로 달
           려간다.)
유재환   (뿌듯하게 쳐다보며) 어때? 귀엽지?

한수영 미친놈. 저게 귀엽냐?

재환과 한수영 웃으며 강의실로 들어간다.

S#6(소연의 학교 복도)

소연과 김수영 등교해서 복도를 걷고 있다. 수영은 짧은 단발머리가 채 마르지도 않았고 소연은 화장끼도 있고 머리에 웨이브도 하고 있고 치마도 수영보다 소연이 짧다. 하지만 소연 긴 머리에 깨끗한 교복이 몹시 여성스럽다.

김수영 나 어제 재환이 봤어.
신소연 아 진짜? 어디서?
김수영 학원. 다닌지 좀 됐는데 어제 반 바꾸고 처음 봤잖아.
신소연 그래? 수학학원? 너 거기 좀 어렵다 그랬던데 아닌가.
김수영 맞어. 재환이 어려워서 고생할걸? (키득대고 웃는다)

둘이 걸어가고 있는데 학주가 교무실 앞에서 치마 단속에 걸린 여학생들을 혼내고 있다. 소연과 김수영이 지나가자 학주가 소연의 다리를 계속 쳐다보며 시선을 따라간다. 소연 기분 나쁜지 빠른 발걸음으로 교실 안으로 들어간다.

S#7(교실 안.)

김수영 신! 아까 니 다리 쳐다보는 거 봤어?
신소연 (말없이 고개만 끄덕인다.)

김수영　개새끼. 변태야?

여학생1 몰랐어? 쟤 되게 유명하잖아. 남고에서는 애들 그렇게 개 패듯이 팼대~ 우리학교 와서는 맨날 치마 단속한답시고 여자애들 다리나 훔쳐보고.

여학생2 맞어. 남자학교에서는 별명이 '싸발라' 였대. 근데 지금은 뭔줄 알아? '싸안아' !

김수영　미친. 가지가지한다 진짜. 저런 것도 선생이라고 학교에 붙어있으니까 내가 조용하게 못 사는 거 아냐.

신소연　됐어. 화내봐야 너 기분만 나빠. 남자들이 다 그렇지 뭐.

김수영　저런 새끼들이 남자 욕 다 먹이는 거야.

신소연　(입을 삐죽대며) 뭘… 남자들 다 똑같애….

김수영　(소연의 머리를 살짝 쥐어박으며) 어휴. 이… 순진한 건지 바본 건지 진짜. 아무튼 저새끼 또 저 지랄 하면 나 진짜 싸울 거니까. 신소 너 나한테 꼭 붙어있어. 알겠지?

신소연　(고개를 끄덕인다) …

S#8 (하교길 거리)

신소연　재환이는 여전해?

김수영　그 자식이 늘 그렇지 뭐. 괜찮은 친구 하나 생긴 거 같더라?

신소연　정말? 그래도 잘 적응하고 사나 보네.

김수영　우리 재환이가 또 한 인물 하잖아.

신소연　(토하는 시늉을 한다.) 어머 얘좀 봐. 우리 재환이래.

김수영　신소! 그러지 말고 너도 우리학원 와라. 중학교 때처럼 셋이서 놀면 재밌겠

다. 크크

신소연   학원에 놀러가냐? (한동안 침묵하며 걷다가) 엄마한테 한번 물어는 볼게.

김수영   (표정이 밝아지며) 진짜? 물어보고 말고가 어딨냐? 그냥 오는 거지. 오늘 재
환이한테도 말할 거니까 꼭 와야돼.

소연 그냥 웃고 있다. 김수영 몹시 표정이 밝게, 둘 길을 걸어간다.

S#9 (교문 앞. 아침)

선도부가 나와 있고 학주가 학생들을 잡고 있다. 열명이 넘는 학생들이 교문 옆에
서있고 소연과 김수영 교문 앞에 다다르자 이를 보고 옷 매무새를 단정히 한다. 학주
소연을 보자 지휘봉으로 소연을 부른다. 소연, 의아해하며 학주에게 가고 김수영 뒤를
따른다.

학 주   신소연. (들고 있던 지휘봉으로 소연의 치마를 툭툭 건드린다.) 치마가 왜
이렇게 짧아? (소연의 머리를 만지며) 머리 꼬라지 봐라. (볼을 만지며) 화
장은 안 했어?

아이들 작게 탄식하며 뒤에서 수근댄다. 몇몇은 핸드폰 카메라로 찍으려고 하고 있
다. 학주 그 소리를 듣고 갑자기 정색을 하며

학 주   흠흠. 됐어 가봐! 치마 늘려서 입어라.

신소연   (말없이 돌아서 가려고 한다.)

학 주   어이! 다시 이리 와봐. (소연의 얼굴을 손등으로 부비며) 인사는 하고 가야

지? 이렇게 이쁜 얼굴로 싸가지 없이 인사도 안 하고 그냥 가냐? 그래?

신소연   (짜증 섞인 얼굴로 고개를 뒤로 뺀다.)

학 주   어쭈 반항이야?

김수영   (소연을 뒤로 잡아당기며) 선생님! 지금 뭐하시는 거에요? 이거 성추행인 거
         아세요? 왜 아침부터 학생을 더듬고 그러세요?

학 주   뭐? 이 자식이. 어디 아침부터 선생님한테 눈을 똥그랗게 뜨고 대들어?

김수영   대드는 거 아닌데요! 저는 당연히 해야 할 말을 했을 뿐인데요. (학주 뒤에
         서 있는 아이들을 향해) 니들… 얘한테 무슨 짓 하는지. 다 봤지!?

학 주   (당황한 표정으로 말을 잇지 못한다.)

아이들   오~ (수영에게 환호를 보내다가 학주가 화난 얼굴로 돌아보자 소리를 멈춘
         다.)

학 주   김수영! 너 말야 어설프게 사고 치지 말고 얼른 들어가. 알겠어?

김수영 고개 숙이고 있는 소연의 한쪽 팔을 잡고 학교 건물로 들어간다.

S#10 (교실 안.)

소연 고개를 숙이고 울고 있다. 아이들 서넛이 모여있고 김수영이 소연의 옆에 앉아
있다. 수영 소연의 어깨를 토닥이며 말을 건낸다.

김수영   신소 울지마~ 응? 왜 니가 울어. 울지마. 괜찮아.

신소연   (여전히 울음을 그치지 않는다.) 흑흑

김수영   그만 울어! 자꾸 울면 눈 붓는다. 수업 시작하겠다. 그만 울고 수업준비하자

응?

아이들   (저마다 한마디씩 건네며 소연을 달랜다.)

신소연   (마음이 진정된 듯 고개를 들고 수영을 바라보며) 수영… 고마워.

김수영   기지배… 고맙긴. 우리 사이에 그런 말 하는 거 아냐.

신소연   (말없이 수영을 바라보며 행복하게 웃는다.)

S#11 (하굣길 교문 앞)

아이들 저마다 집으로 향하고 있다. 소연이 김수영의 팔짱을 끼고 교문을 나오고 있다. 교문 앞에서 수영이 걸음을 멈춘다. 소연 놀라 돌아보며.

신소연   왜 안 와? 누구 기다려?

김수영   아! 나 오늘 학원차 온다. 어쩌지? 오늘은 너 혼자 가야 될 것 같은데.

신소연   (갑자기 표정이 어두워지며) 정말? 혼자 가기 싫은데.

김수영   (뭔가 떠오른 듯) 아! 너 우리학원 다닐꺼야? 엄마한테 말씀드렸어?

신소연   음… 응! 언제부터란 말은 없었는데 다니고 싶으면 다니래.

김수영   (표정이 밝아지며) 됐네 그럼. 오늘부터 가자 그냥. 수강신청은 다음에 하고 오늘은 그냥 둘러보러 왔다고 해.

신소연   (망설이며) 그래도 될까?

김수영   될까가 뭐야? 내말 듣고 언제 뭐 잘못된 적 있어? 가! 무조건 가! 갔는데 나가라 그러면 내가 같이 나가면 되지.

신소연   (밝은 표정으로) 그럴까?

둘 마주보며 밝게 웃는다.

S#12 (학원 복도 안)

소연과 김수영 복도를 지나가고 있고 재환이 이를 발견하고 달려온다.

유재환   (둘에게 달려오며 큰소리로) 수영아! 소연아!

둘 소리에 놀라 돌아본다.

김수영   (짜증섞인 표정으로 머리를 긁적이며) 아이 자식! 쪽팔리게 계속 큰소리로
　　　　 이름을 불러!
신소연   (웃으며) 재환아.
유재환   신소연! 수영이는 어제 봤는데 너도 여기 다녀?
김수영   니가 다니는데 소연이가 못 다니겠냐?
유재환   (입을 삐죽대며) 아니 난 그냥 반가워서 인사한 거지.
김수영   반갑긴. 임마! 반가우면 자판기 가서 뭐 따뜻한 거라도 몇 잔 뽑아와.

이때 한수영이 나타난다. 재환의 등을 툭 치며 인사를 하고 다시 김수영과 눈이 마
주친다.

한수영   (김수영을 가리키며) 어! 재환이 친구! 또 보네.
김수영   그러게 자주 보네. 재환이 친구는 또 뭐냐. 얼굴 두 번 보면 우리도 친구 아
　　　　 닌가? (재환이를 밀어내며) 이 자식 버리고 나랑 놀자 그냥.
유재환   아 야~ 넌 왜그러냐 자꾸 나한테~

신소연   (옆에서 말없이 웃는다.)

한수영   (신소연을 발견하고 한동안 눈을 떼지 못하고 바라보고 있다.)

김수영   (한수영의 시선을 따라가 보고 한수영의 팔을 툭 치며) 어이! 새 친구. 뭘
         그렇게 쳐다봐? 못 오를 나무 쳐다보는 거 아냐. (웃으며 소연에게 어깨동
         무를 한다.) 앤 내 소유니까 침 닦게 친구.

신소연   (싫지만은 않은 말투로) 야~ 왜 그래~. 얼른 가자 수업 시작하겠다. (재환
         을 보며) 좀 있다 보자.

김수영   (소연에게 끌려가며 장난 섞인 목소리로 오히려 소리를 높이며) 야 한수영!
         애 내 소유라고 말했다!

재환 킥킥거리며 웃어댄다. 한수영 얼굴이 빨개져서 소연의 뒷모습만 바라보고 있다.
갑자기 재환의 멱살을 잡고 얼굴 가까이 잡아당긴다. 재환 놀라 어쩔 줄 모르며

유재환   (몹시 당황하며) 야! 왜 그래! 왜 왜!! 알았어 안 웃을게!

한수영   (얼굴이 붉어진 채로) 누구냐? 너 아는 애야?

유재환   누구? 소연이? 방금 수영이 말고 걔?

한수영   (멱살을 놓으며) 소연? 이름도 존나… 예쁘네.

유재환   신소연! 이름은 수영도 예쁘지. 너도 예쁘다.

한수영   (뭔가에 홀린듯이) 신소연… (갑자기 유재환의 멱살을 다시 잡아당기며) 있
         냐?

유재환   뭐… 뭐!?

한수영   남자친구!

유재환   봤잖아. 옆에 저 머리 짧은 애.

한수영   디질래?

유재환   아… 아 아니. 살래! 없어. 쟤 만날 수영이랑만 붙어다녀.

한수영   (다시 멱살을 놓으며) 없다 이거지… 오케이 접수.(베실베실 웃는다. 갑자기
          웃음을 뚝 그치며 다시 유재환의 멱살을 잡아당기며) 너 설마 쟤야? 중학교
          때부터 좋아했다는 그 여자애?

유재환   (멱살을 뿌리치며) 아씨 너 진짜! 옷 다 늘어나잖아! (옷깃을 정리하며 아무
          렇지 않은 듯 말을 툭 던진다.) 쟤 아냐. 김수영이야.

한수영   (놀라 돌아보며) 저 둘이 같이 다니는데 걔가 눈에 들어오냐?

유재환   왜 불만있냐? 소연인 뭐 예쁘긴 한데… 그래 예쁘긴 하다. 그래도 김수영이
          가 더 귀엽지.

한수영   새끼… 이거 여자 보는 눈 하고는…(뭔가 떠오른 듯) 어이! 친구! 우리 오랜
          만에 서로 좋은 일 좀 해보자.

유재환   뭐?

한수영   뭐긴 연애사업이지. 나랑 소연이 잘되게 좀 밀어줘봐. 그러면서 너도 김수영
          이랑 잘해보고.

유재환   임마, 말이 쉽지. 되겠냐? 쟤네 둘이 사귄다니까?

한수영   (다시 멱살을 잡으려고 손을 올리며) 목숨을 걸어!

유재환   (그 손을 뿌리치며) 아 쫌! 알았어! 목숨 걸 테니까 한번만 더 내 멱살 잡으
          면 죽인다 너!

한수영   그러든지~ (강의실로 들어가버린다.)

※ 이하 S#50까지 진행되지만 긴 글이어서 생략.
   (온전한 글은 다음카페 〈문학사랑 글짱들〉의 청소년문학상에서 보세요.)

특별한 사람

박 명 은

(성지고등학교 1학년)

제 언니는 특별한 사람입니다.

"현이야! 거울만 보지 말고 언니 챙겨!"

아, 저 지긋지긋한 잔소리. 언제쯤 사그라질까요? 나는 엄마를 한번 흘겨보고 거울 앞에서 제 모습을 단장합니다. 앞머리를 몇 번 다듬어 준 다음에 저는 콧노래를 부르며 책가방을 챙겼습니다. 신발은 산뜻한 노란색을 신고 단정하게 옷맵시를 다듬고 그리고 톡톡 신발 앞코를 내리칩니다. 경쾌한 소리가 귓가에 울려 퍼집니다. 오늘은 괜스레 기분이 좋은 날입니다.

"현이야!"

기분이 좋다가 말았네요. 문을 열다 만 저는 신발 앞코를 땅에 짚으며 빙그르르 돌았습니다. 오, 맙소사! 엄마가 허리에 두 손을 얹고 저를 사납게 노려보고 있습니다. 저는 가슴이 쿵쾅쿵쾅 뜁니다. 엄마는 두 눈을 두어 번 깜박인 후 꽤나 낮은 목소리로 말하였습니다.

"엄마가 뭐랬니?"

"아… 저."

"언니 챙기라고 했어, 안했어?"

"음…."

"언니는 혼자서 학교 못가는 거 알잖아?"

아, 왜 우리 언니가 학교에 혼자서 못가냐고요? 저희 언니는 조금 특별한 병을 앓고 있지요. 저기 언니가 오고 있네요. 헝클어진 사자머리와 꾀죄죄한 피부, 멍한 눈동자. 저는 언니가 사실 창피합니다. 저보다 나이가 많으면서 더하기, 뺄셈도 하지 못하고요. 자신 이름도 못씁니다. 말투도 느릿한 게 답답하죠.

"저기… 현… 이… 야"

"…."

"같… 이 학교… 가자."

"싫어."

"현이야 말버릇이 그게 뭐니?"

"싫어. 언니 혼자 학교 가라고 해!"

그래도 싫은 건 어쩔 수 없습니다. 언니랑 학교에 같이 가다가 친구들에게 놀림을 받은 적이 있습니다. 너희 언니 장애인이라며? 바보래요… 바보래요. 아, 친구들의 목소리가 메아리처럼 요동칩니다. 귀를 막고 싶은 심정입니다. 저는 인상을 구기고 언니를 빤히 쳐다봅니다. 그래도 언니는 바보라서 헤헤 거리며 웃습니다. 바보… 저 바보.

"다녀오겠습니다."

언니가 따라오기 전에 재빨리 인사를 하고 달려갔습니다. 뒤에서 엄마의 날카로운 목소리가 들려옵니다. 그리고 바보언니의 웃음소리도 함께 말이죠. 엄마의 잔소리보다 바보언니의 웃음소리가 신경 쓰여 자꾸만 뒤를 돌아보게 됩니다. 그래도 쉬지 않고 달렸습니다. 점점 집과는 거리가 멀어집니다. 저는 참 못된 동생입니다. 곧 학교대문에 도착했습니다. 쉬지 않고 달려온 덕분에 숨이 턱까지 차오릅니다. 아, 드디어 학교에 등교하는군요. 저는 헉헉거리는 숨을 고른 채 교문 안으로 다리를 엇갈리게 걷습니다. 안으로 들어서자 친구들이 인사를 건넵니다. 그리고 몇몇 아이들은 제게 언니 안부를 묻습니다.

"너희 바보언니는?"

"몰라. 바보언니 따위."

나는 그렇게 말하고는 학교 안을 들어갔습니다. 교실로 들어가자 시끌벅적해집니다. 아이들의 소란한 웃음소리가 그다지 나쁘지 않습니다. 교실에 들어오자 선생님이 제게 언니의 안부를 묻습니다.

"현이야, 민이언니는?"

언니, 언니, 언니! 지겹습니다. 이젠. 언니가 사라졌으면 합니다. 아, 못된 생각이라 말하지 마세요. 제 입장이 된다면 모두들 그런 생각을 할 테니까요.

"몰라요."

"몰라? 현이 혼자 학교 온 거니?"

"네."

"언니는 그럼 집에 있고?"

"알아서 오겠죠."

퉁명스러운 내 말투에 저 또한 꽤나 놀랐습니다. 선생님이 화나셨을까봐 등에 땀이 삐질삐질 나는 것만 같았습니다. 저는 선생님을 힐끔 쳐다보고 고개를 숙였습니다. 그러나 선생님은 되레 화를 내지 않고 제 머리를 손으로 헝클어놓습니다. 아, 다행입니다.

"언니랑 싸웠니?"

"아니요."

"언니가 창피하니?"

"…네."

"현이야, 그렇지만 언니는….."

"특별한 병을 앓고 있다고요?"

"그래."

"그래도 창피해요. 저보다 바보예요! 덧셈도 뺄셈도 하지 못하고요. 언니 이름도 못 쓰는데요?"

"그래도 현이 이름은 쓸 줄 알잖아?"

그래요. 언니는 내 이름은 쓸 줄 압니다. 바보여도 정 현이라고 쓸 줄 알지요. 바보 언니는 정말 바보예요. 내 이름만 외우는 바보. 언니는 엄마와 함께 학교에 왔습니다. 저는 엄마한테 혼날까봐 화장실로 냉큼 달려가서 문을 잠그고는 혼자서 숨죽이고 있었습니다. 쉬는 시간 종이 칠 때까지 그렇게 있다가 종이 치고 나서 겨우 화장실에서 나왔습니다. 화장실 냄새가 배여서 내 몸에 이상한 냄새가 나는 것 같았습니다. 다행히 교실로 가자 엄마는 없었고 바보 언니는 나를 보자마자 헤헤 웃으며 손을 흔들고 있습니다.

"현… 이… 야. 여기야."

엄마는 언니가 15살이지만 머리는 7살이라고 합니다. 그래서 할 줄 아는 것도 없고 말도 잘 못하는 거라고 합니다. 아, 속상합니다. 발을 동동 구르고 싶은 마음입니다. 저도 다른 아이처럼 똑똑하고 예쁜 언니가 있었으면 좋겠습니다. 아니, 그것도 안 바래요.

제가 언니를 챙기는 게 아니라 언니가 나를 챙기는 그런 언니가 정말 갖고 싶습니다.

"언니는 내가 좋아?"

"응… 난… 현이가… 좋아."

"난 언니가 미워."

"왜…?…언니…미…워…하지마아….'

"흥."

저는 그리고 픽 고개를 돌려버립니다. 언니가 눈물을 글썽글썽한 채로 여전히 자신을 미워하지 말라고 말합니다. 그래도 들어주나 봐라. 진짜 흥이다. 흥!

봄볕은 따스해서 잠이 솔솔 잘 옵니다. 길가에 곱게 핀 꽃들도 나를 보고 웃으며 인사를 건넵니다. 하늘도 푸르고 구름도 두둥실 떠다닙니다. 하얀 솜사탕 같아서 한입 베어 물고 싶을 정도입니다. 나는 곱디고운 꽃들을 따서 품안에 한 아름 안고서는 집으로 신나서 달려갔습니다. 칭찬을 해줄 거라 기대하면서 말이죠. 집에 도착하자마자 엄마에게 달려가니 언니는 바닥에 앉아서 엄마의 립스틱을 온몸에 칠하고 있고 엄마는 언니의 팔을 잡고서 말리고 있었습니다. 엄마의 어여쁜 얼굴이 일그러져서 못생겨 보입니다. 저는 짐짓 당황해하며 엄마를 바라보았습니다. 저는 그때 보았습니다. 엄마의 두 눈에는 눈물이 맺힌 것을 말입니다. 저는 엄마의 어깨를 어루만져 주었으나 제 손이 너무나 작고 엄마의 어깨는 너무나 커서 전부 다 어루만져줄 수는 없었습니다. 저는 그게 너무나 슬퍼 엄마와 똑같이 눈물을 쏟아냈습니다.

"… 흐흑."

"왜 우는 거야아…."

"언니가 너무 아파서…그래서…."

“알아. 특별….”

엄마는 말을 뚝 끊고서는 말을 합니다. 엄마의 얼굴에는 전부 물 천지입니다. 눈물, 콧물. 아아, 물 범벅인 엄마의 얼굴이 퉁퉁 부었습니다. 보기가 안 좋습니다.

“그래, 특별한 병… 근데 현이야 언니의 특별한 병 때문에 엄마 많이 힘들다… 엄마가 많이 힘들어.”

저는 언니가 너무 밉습니다. 너무나.

“언니!”

저는 빨갛게 몸이 변해 버린 언니에게 다가갑니다. 언니는 히죽거리며 나를 향해 웃습니다. 아, 저 실한 웃음. 저는 한숨을 크게 내쉽니다. 그리고 언니의 손에 있는 립스틱을 뺏었습니다. 언니가 내게 칭얼거리며 립스틱을 달라고 합니다. 저는 언니의 말을 무시하고 화장대 위에 올려놓았습니다. 언니는 입술을 삐죽 거리며 나를 노려봅니다.

“미워!”

“그래! 나도 언니가 미워!”

그리고는 언니의 등을 세게 때렸습니다. 퍽하고 둔탁한 소리가 납니다. 때리고 나자 언니의 얼굴이 잔뜩 일그러지고 소리 내며 울어댑니다. 저는 엄마를 울린 언니를 혼내서 자랑스러웠습니다. 언니가 울든 말든 상관 쓰지 않고 뒤를 돌아 엄마를 향해 웃었습니다. 그러나 오는 것은 짝하고 나의 뺨을 스쳐지나가는 엄마의 손이었습니다. 맞은 거에 대한 통증과 서러움이 밀물 오는 듯이 밀려옵니다. 결국 나는 물기가 잔뜩 머금은 목소리로 소리쳤습니다.

“왜 때려? 왜!”

“누가 언니 때리라고 했어? 버릇없이?”

“난 언니가 엄마를 괴롭혀서 혼낸 거야!”

"현이야, 언니는 때려선 안 되는 거야. 네가 참아야지!"

"엄마 미워!"

저는 그렇게 말하고 뛰쳐나갔습니다. 고작 뛰쳐나간 장소는 내방입니다. 그래도 방문을 걸어 잠그고 방문에 쭈그려 앉아 무릎에 고개를 묻습니다. 엄마는 항상 이런 식입니다. 엄마를 괴롭힌 것은 바보 언니인데, 저만 소리치고 혼냅니다. 언니가 잘못한 것도 다 내 잘못. 내가 잘못한 것도 내 잘못. 그럴 바에 나를 낳지 말지. 언니만 낳으면 될 것을….

"흑… 엄마… 미워. 정말 미워."

가끔 11살인 게 억울할 때도 있습니다. 차라리 갓난아기가 되어서 엄마의 사랑을 독차지했으면 싶죠. 아, 그래도 사랑을 못 받을지도 모르겠군요. 엄마는 언니의 소유이니까 말이죠. 저는 결국 한 번 더 스스로 각인시킵니다. 난 혼자서 엄마사랑을 받을 수 없다는 사실을.

"현이야…."

지금, 세상에서 제일 듣기 싫은 목소리가 방문 밖에서 희미하게 들려옵니다. 저는 아랫입술을 감쳐물었습니다. 언니의 목소리가 더 이상 들려오지 않습니다. 언니가 간 것일까요? 저는 방문을 살짝 열어봅니다. 언니가 어깨를 부르르 떨며 방문 앞에 서 있었습니다. 저는 두 눈이 날카로워지는 것을 느낄 수 있었습니다.

"왜 여기 있는 건데?"

"현… 이야. 엄마… 한테 '미안해' 했어…."

"…."

"현이… 한테도… 하려고…."

"… 됐어."

“미안… 해.”

저는 언니의 사과에도 불구하고 잔뜩 얼굴에 인상을 쓰고 노려보았습니다. 언니가 이익 하면서 괴상한 소리를 냅니다. 제가 무서웠던 모양입니다. 언니는 덜덜 떨리는 목소리로 내게 말을 건넵니다. 목소리가 경운기가 떨리는 것 마냥 덜덜 떨려서 제가 그렇게 무서운 표정을 짓고 있는지 궁금했습니다.

“… 현… 이야. 무서워….”

“무서워하라고 하는 거야.”

“무서워… 하지마아….”

언니는 어깨를 부르르 떱니다. 그리고 바닥에는 지린내가 진동하고 짙은 노란색의 물이 바닥에 번집니다. 언니는 그런 자신에게 놀란 것인지 소리 내며 울어댑니다. 소변에 언니의 옷과 양말들이 젖어 갑니다. 오줌싸개, 이기적이고 바보인 언니. 저는 소리치며 엄마를 불렀습니다. 그러자 엄마가 다급하게 언니에게 다가옵니다.

“민이야!”

엄마는 언니를 일으켜 세웁니다. 나는 그 모습을 멍하니 바라봅니다. 언니가 꽤나 무거운지 엄마의 몸이 비틀거립니다. 언니가 지나간 자리에는 물이 배어 있습니다. 나는 너무나 더러워서, 언니가 너무나 창피해서 소리쳤습니다.

“더러워, 언니.”

언니가 고개를 돌려 나를 바라봅니다. 무척이나 울상인 표정을 짓고 있습니다. 그런다고 해서 나는 마음이 약해지는 그런 착한 동생이 아닙니다. 나는 언니를 노려보다가 휙 하고 고개를 돌려 방으로 다시 들어갔습니다.

오늘은 제 생일입니다. 그러나 엄마는 언니를 돌보느라고 바빠서 아무것도 해주지 않았습니다. 미역국도, 케이크도, 선물도. 하나도 해주지 않았습니다. 저는 눈물을 참고 밥에다가 김을 싸서 먹을 수밖에 없었습니다. 생일인데, 아무도 축하해주지 않습니다. 울지 않으려고 했는데 눈시울은 어느새 붉어져 있습니다. 엄마는 울고 있는 내게 이상한 눈길로 쳐다보고 언니는 아무것도 모른 체 웃고 있습니다.

"왜 울어?"

"… 아냐."

"뭐가 아니야? 왜 우는데?"

"내 생…."

"오, 맙소사. 민이야 그러면 안 돼!"

엄마는 손으로 반찬을 집어먹으려고 하는 언니의 손을 가볍게 탁 하고 쳤습니다. 언니는 맞은 손을 어루만지면서 표정을 일그러트립니다. 엄마의 시선은 결국 언니에게 고정되고 나는 안중에도 없다는 듯 행동합니다. 나는 결국 묵묵히 밥을 숟가락으로 푼 다음 입에 넣었습니다. 입안에 가득 메운 밥이 오늘은 왠지 맛이 없습니다.

"민이야, 포크로 찍어서 먹는 거야."

"포크?"

"그래 포크."

"어… 음…."

"옳지, 잘한다."

언니의 서툴기만한 젓가락질에도 칭찬만 해대는 엄마가 너무 얄미워 한번 흘겨보다가 언니 한번 흘겨보다가 반복했습니다. 깨작거리며 먹은 밥도 어느새 반이나 비워져 갑니다. 시계를 보니 8시가 다되어 갑니다.

"엄마…."

“왜?… 아, 민이야 흘렸다.”

“… 나 생일인데.”

“응? 뭐라고?”

“… 아냐.”

덜컥하고 갑작스레 현관문이 열립니다. 엄마와 언니의 시선이 그쪽으로 향하고 나 또한 고개를 돌려 그쪽을 바라보았습니다. 출장을 갔다 온 후 며칠 만에 돌아온 아빠였습니다. 오랜만에 본 아빠의 모습에 나는 반가워서 어쩔 줄 몰라했습니다.

“아빠, 다녀오셨어요?”

“그래, 밥 먹고 있었던 거야?”

“네!”

“다녀왔어요? 여보.”

“응. 다녀왔어.”

“아… 빠. 안녕?”

“그래, 민이도 안녕?”

아빠는 언니에게 인사를 합니다. 방긋거리며 언니는 웃습니다. 뭐가 그리도 즐거운지 궁금합니다.

“현이야.”

저는 내심 속으로 기대했습니다. 심장이 쿵쿵 뜁니다. 제발 생일 축하한다고 말해줘요. 선물 사왔다고 말해주세요. 오늘은 너 때문에 집에 온 거라고 말해주세요. 저는 속으로 기도합니다. 제발 내 생일인 것을 알아주기를.

“언니랑 싸우지 않고 잘 놀았지?”

아, 저는 실망 가득한 표정으로 아빠를 바라보았습니다. 아빠의 말에는 그저 고개만 끄덕이고 가방을 챙겼습니다. 그리고 현관문으로 가서 신발을 신고 어깨를 축 늘어뜨린 체 뒤돌아 서서 엄마 아빠에게 인사합니다.

"다녀오겠습니다."

"오냐."

아빠가 말했습니다.

"너무 일찍 가는 거 아니니?"

"오늘 친구들이랑 만나기로 했거든요."

"아 그래? 현이야, 언니는 점심시간 이후에 간다고 말씀드려. 오늘 병원가야 되어서."

"… 네."

저는 크게 숨을 들이쉬고서는 걸음을 느릿하게 걸었습니다. 친구들이랑 만나기로 한 것은 거짓말입니다. 엄마 아빠를 속인 거에 대해 너무나 속상하고 미안할 따름이지만 오늘은 왠지 집을 빨리 벗어나고 싶었습니다. 숨을 한번 다시 크게 들어 마십니다. 왠지 흙냄새가 물씬 풍기는 것만 같습니다. 아아, 추적거리는 비가 내렸으면 합니다. 학교에 도착하자 내 소원대로 비는 내렸고 언니는 끝내 오지 않았습니다. 선생님은 점심시간이 지난 후에도 오지 않는 언니가 걱정 되어서 내게 묻자 나는 모른다고 답해주었습니다. 학교가 끝난 후 힘없이 학교를 나섰습니다. 우산이 없어서 그대로 걸어갔습니다. 엄마에게 전화해도 병원 갔을 테니 받지 않을 게 분명하고 아빠에게 전화하자니 아빠는 일 때문에 오지 못할 것 같았습니다. 저는 실내화 가방을 우산대신해서 머리 위에 얹어놓고 천천히 걷습니다. 툭툭 거리는 빗소리가 유쾌합니다. 피아노 건반을 퉁퉁 하고 두들기는 것만 같습니다. 저는 그 소리가 좋아서 발걸음을 더더욱 느리게 걸었습니다. 그러다가 왈칵 눈물이 쏟아집니다. 그래도 다행입니다. 비가 와서.

"… 현이야."

"…?"

저는 고개를 들어 빗소리 사이에서 내 이름을 불러대는 목소리를 찾았습니다. 하늘 색 빛의 예쁜 우산을 들고 있는 엄마였습니다. 엄마는 짐짓 미안한 표정으로 날 바라보았습니다. 얼굴에는 슬픔과 미안함이 섞여서 나를 잔잔히 바라보았습니다. 엄마의 눈동자가 무척이나 깊어서 그 속에 빠져서 허우적거릴 것 같았습니다.

"미안해."

"뭐가? 엄마 잘못한 거 없는데…?"

저는 아무렇지 않은 척 목소리를 일부로 다른 날보다 밝게 냈습니다. 엄마는 내게 다가오더니 내 머리 위에 조그마한 우산을 펼쳐 줍니다. 옷은 다 젖었지만 더 이상 추적거리는 비는 맞지 않게 됐습니다.

"생일 잊은 것도… 그리고 현이 우산 챙겨주지 못한 것도."

"아냐… 미안할 필요 없어."

"… 미안해… 정말 엄마가."

엄마는 울 필요 없는데…. 내 생일을 잊었다고 울 필요 없는데, 나한테 우산을 안 챙겨 줬다고 울 필요는 없는데.

"정말… 엄마 나빴지?"

"응, 정말 나빴어. 딸의 생일도 잊고 딸의 우산도 안 챙겨주고…."

"미안해…."

"그렇지만 울 필요는 없잖아. 엄마는 결국 날 데리러 왔고 오늘에서라도 내 생일인 거 알았잖아."

저는 어른스러운 척 했습니다. 엄마는 그런 나를 보고 대견한 듯한 표정이었습니다. 엄마는 나의 손을 잡고 천천히 걸었습니다. 나란히 걷는 하늘색 우산과 조그마한 빨간색 우산. 저는 정말 비오는 날이 제일 좋습니다. 집에 들어서자 언니가 나를 보더니 깜짝 놀랍니다. 저는 의아해 하며 언니에게 다가갔습니다. 언니는 쭈뼛거리며 내게 무언가를 내밉니다. 편지였습니다. 종이에는….

'정 현 그리고 생일 축하해'가 적혀 있었습니다. 저는 두 눈이 붉어졌습니다. 그리고 언니를 빤히 쳐다봤습니다. 언니는 짐짓 쑥스러운 듯 발을 베베 꼬아댔습니다. 엄마는 넌지시 내게 말합니다.

"네 생일인 것도 네 언니가 말해줬어. '생일 축하해'는 오늘 엄마가 알려줬다."

나는 엄마의 말을 듣는 순간 눈물을 펑펑 쏟아댔습니다. 전에 언니에 대한 미움이 눈 녹듯 사라집니다. 언니가 나를 보고 베실 웃습니다. 나는 언니에게 안겨 펑펑 울었습니다. 언니는 내가 품에 안겨서 울자 당황해하며 언니 또한 울어댔습니다.

"미안… 해. 현이야…. 내가 잘… 못… 했어…."

"그게 아니야. 언니… 흐어엉… 내가 미안해."

"현… 이는 잘못… 한 거 없어…."

"흐윽…."

"그리고… 현이야… 이거… 선물."

언니가 내게 또 다른 무언가를 내밉니다. 저는 울던 것을 멈추고 동그랗게 말아 쥔 언니의 손등을 바라봤습니다. 그리고 언니의 손이 서서히 펴지고 제 무릎 위에 달그락거리며 떨어지는 하트모양의 목걸이. 전에 내가 갖고 싶다고 노래를 불러댔던 목걸이였습니다. 아아, 바보언니는 그것을 기억하고 있었나봅니다. 바보도 오줌싸개도 이기적인 언니도 다 내 언니고, 나만 생각해주는 것도 언니였습니다. 전에 바랐던 언니들은 다

필요 없습니다. 나는 언니가 좋습니다. 비는 그치고 어여쁜 무지개가 수평선에 걸친 어느 날, 찬란하기 그지없던 그날. 저는 바보언니는 더 이상 바보가 아니라는 것을 깨달았습니다. 그리고 언니가 앓고 있다는 그 특별한 병이 언니를 특별하게 만들어주고 있다는 것을 느꼈습니다. 우리 언니는….

특별한 사람입니다.

글의 세상

김 누 리

(전북사대부설고등학교 2학년)

창밖에서 멈출 줄 모르는 빗소리가 들린다. 톡톡 떨어지는 가벼운 방울의 뜀뛰기, 주룩주룩 울음을 쏟아내듯 곤두박질치는 빗줄기들. 묘하게 어울리는가 싶더니 귓가에 서글픈 가락만 남겨놓고 떠나간다. 괜스레 눈물을 훔치고 싶은 마음을 참아내며 글자를 적고 있다. 글을 그만두겠다는 오기를 품고 밤을 샜던 그 날 역시 비가 왔다. 그리고 그 빗소리가 점점 희미해질 듯 이내 다시 내리는 지금까지도, 여전히 나는 글을 쓰고 있다.

처음 글을 시작한 나이는 열 셋이었다. 릴레이 소설을 써보자는 친구의 권유가 있었다. 그 때까지는 책을 읽기는 했지만 글이란 게 무엇인지 몰랐고 소설은 더더욱 알지 못했다. 이야기를 만들기만 하면 된다는 친구의 말을 듣고 무작정 연필을 쥐었던 모습이 어렴풋하게 떠오른다.

시간도 뒤죽박죽인 채 도무지 앞뒤가 맞지 않았던 철없는 글들이었지만 별 문제 되지 않았다. 그저 행복했다. 노트를 가득 채워 넣은 삐뚤삐뚤한 내 글씨를 보았을 때 왠지 모를 뿌듯한 마음이 가슴 속에서 맴돌았다. 그때까지는 잘 쓰고 못 쓴 것이 중요하지 않았다. 머릿속에서 막연하게 부유하고 있던 생각들이 형체로 나타났다는 사실이 신기했을 뿐이지.

그게 다였다. 열넷의 종지부를 찍을 때까지 글이란 그저 심심한 시간을 때우는 도구, 혹은 내 또래의 친구들이 흔히 하지 않는 일을 하고 있는 거니까, 내가 조금 특별한 사람일지도 모른다는 착각을 가져다 준 환상에 지나지 않았다.

나는 정말 몰랐다. 그렇게 재미였고, 버릇이자 습관이었고, 단순한 취미생활일 뿐이었던 글이 어느 시점에서부턴가 지독하다 느낄 정도로 간절해질 줄은….

잠시 글을 잊고 살았다. 아니, 잊을까 말까 할 정도로 큰 의미를 가지고 있지도 않았다. 바로 그 즈음을 둘러싸고 내 인생을 송두리째 뒤흔들고 지나간 시간이 있었다. 열넷에서 한 글자가 늘어난 열다섯으로 넘어가는 겨울이었던가. 그 겨울은 유난히도 추웠고 심장 한구석이 시리고 아팠을 정도로 매서웠다. 그래서 그랬나 보다. 나는 하얀 눈이 쏟아지는 한국을 떠나 잠시 외국으로 몸을 숨겼다. 그곳은 따듯하고 때로는 심지어 덥기까지 했기 때문이다. 더 이상 시리지 않은 손을 호호 불며 미소를 지었다.

그러나 그 미소가 허락될 수 있었던 시간은 그다지 길지 못했다. 나는 내 섣불렀던 판단을 뒤늦게서야 후회하고 말았다. 가족도, 기댈 수 있는 내 사람들까지 아무도 없던 낯선 땅 위에서 나 홀로 얼마나 울면서 지냈을까.

하릴없이 내 살을 할퀴고 지나갔던 어긋난 믿음들, 부서진 관계, 죽음을 노래하는 환청과 환각을 겪으며 아파하던 몸. 글로 표현하기에는 터무니없이 엄청났던 두려움으로 계속된 나날이었다. 매일매일 덜덜 떨며 차갑게 식어가는 몸을 끌어안았다. 녹여야 했기 때문이다. 어찌된 일인지, 참을 수 없을 만큼 추웠으니까. 시린 바람을 피하기 위해 한국을 떠나왔는데, 그 두 달 동안 한국보다도 훨씬 더한 추위와 함께 하고 말았던 것이다. 옷을 껴입는다고 해서 감히 따듯해질 수가 없는 그런….

한국에 돌아왔을 때 나는 더 이상 예전의 모습을 하고 있지 않았다. 모든 것을 상실했다. 사람도, 믿음도, 웃음도, 행복도, 더 나아가 나 자신까지도. 심장이 텅 비어 공허함을 달랠 길 없는 기분을 아는가. 사는 게 사는 게 아니다. 외롭고 쓸쓸하기 그지없다. 겪어본 내가 아주 잘 안다. 그런데 닿아보려고 해도 닿을 것이 하나도 없던 그 순간, 내게 눈부신 빛처럼 다가온 존재가 있었다. 글…. 아이러니하게도 그것이 바로 글이었다.

세상을 알고 사람들의 가볍고 이기적인 마음을 알게 된 내가 너무 훌쩍 커버렸던 탓인지는 모르겠지만, 보는 것마다 거짓으로 싸인 모순덩어리였다. 어느새 나는 보이는 면이 아니라 보이지 않는 면에 숨겨진 시커먼 덩어리들과 마주하고 있었다. 그 안에 뭐가 있는지 도무지 알 수가 없어서, 금방이라도 기울어질 듯 위태했던 몸을 함부로 누이지 못했다. 겁이 났기 때문이다. 또 다시 악몽에서 헤어 나오지 못할까봐.

내게 다가오는 모든 것들을 밀어내기 시작했다. 홀로이기를 원했다. 진실이란 존재하지 않는 어설픈 관계들이 역겨워서, 아예 발을 들여놓고 싶지 않았다.

하루하루 나를 아슬아슬하게 지탱해 주었던 건 글이었다. 게워내고 싶은 속을, 답답한 마음을 글에다 토로하기 시작했다. 내가 가지고 있던 증오를, 원망을, 고독을, 글로 노래했다.

난잡한 감정이 뒤섞인 글은 소설이란 명분을 가지고 아무렇지도 않게 다른 사람들에게 비춰졌다. 사실은 그게 아닌데. 전부 다, 내 살갗을 도려내고 찢은 고통을 억눌러 쓴 진실인데…. 그래도 나쁘지만은 않았다. 맘을 푹 놓고 흉터 진 마음에서 계속 거짓을 가장한 진실을 훔쳐올 수 있었기 때문이다. 참 쉬운 일이었다. 종이와 연필 한 자루만 있다면 그 모든 일이 가능했다. 신비한 마법 같은 일. 뉘일 곳이 없어 작은 숨을 헐떡거렸던 내 안쓰러운 심장이 안정을 찾고 있었다.

글 안에서는 내가 바랐던 세상이 시간과 공간을 초월하여 아름답게 그려졌다. 거기에 만족했다. 그렇게 하루를, 일주일을, 한 달을, 일 년을 글만 써댔을 때 문득 깨달았다. 글만큼은 결코 나를 배신하지 않으리라는 것을, 내가 평생 동안 불안해하지 않고 발을 디딜 수 있는 유일한 곳이 여기라는 사실을. 그때, 얼마나 기뻤는지 모른다. 아무것도 보이지 않는 황폐한 사막 안에서 마르지 않는 오아시스를 찾은 기분이었다. 혼자 있기를 원했으면서 사실은 그 누구보다도 고독을 두려워했던 나를 달래줄 수 있는, 유일한….

글을 직업으로 삼겠다고 결심한 건 작년, 열일곱의 봄이다. 처음 글을 썼던 그 순간도, 죽을 만큼 힘들었던 중학교 시절에도, 설마 내가 고등학생이 되어서까지 글을 쓰고 있을 줄은 꿈에도 상상하지 못했을 것이다. 장난같이 시작했던 글은 이제 나를 장난감처럼 뒤흔드는 존재가 되었다. 덕분에 글 하나로 인하여 괴롭고 힘든 시간을 보내기도 하지만, 내게 주어진 숙명이라고 받아들이며 견디고 있다. 아직 부족한 게 참 많은 글쟁이더라도, 글이 나를 배신하지 않는 한 내가 먼저 글을 등지고 설 일은 없을 것이라고 믿고 있다.

저번 주에 읽었던 책 속에서, 한참이나 눈을 떼지 못한 구절이 있다. 예쁘게 반짝이는 별을 보듯 넋을 잃고 있었다.

"뭘 하세요, 물어 보면 사람들은 나는 뭐다, 뭐다, 라고 대답해. 난 의사고, 선생이고, 뭐고, 뭐고. 정의 내리고 싶어 하는 것처럼. 하지만 그렇게 말해 버리면, 정의되면 꼭 그렇게 살아야만 할 것 같잖아. 난 그런 건 별로, 맞지 않아. 나는 무엇을 한다, 라고 말하는 게 좋아. 사진을 찍는다, 이렇게."

　김혜진 작가가 쓴 프루스트 클럽이라는 책이다. 얼마나 아름다운 구절인가. 나 역시 마찬가지다. 평생 글을 쓰고 살고 싶다. '작가'라는 과분한 단어는 감히 나에게 어울릴 수 없으니까, 또 글만 쓰고 살기에는 하고 싶은 일이 너무 많은 나니까…. 두리뭉실하게, "글을 쓰면서 살래요." 이렇게 말할 것이다.

　내 상처를 포근하게 보듬어준 글에게 보답하기 위해, 그를 더 빛나고 아름답게 만들어줄 수 있도록 온 종일 손에 연필을 들고 있겠다. 내 마음이 의젓한 어른처럼 크고 넓어진다면, 나의 행복을 넘어서 여태까지 증오해왔던 세상의 행복을 위해서도 글 쓰는 사람이 되고 싶다. 분명 예전의 나처럼 눈과 귀와 입을 닫은 채 혼자이기를 원하는 친구들이 어디엔가 있을 테니까. 그들에게 희망을 심어주고 싶다.

　글을 만나게 해준 내 서글펐던 어린 날들에 참 감사하다. 아직도 비는 내린다. 언젠가 비가 추적추적 내리는 날이 다시 왔을 때 내가 또다시 에세이를 쓰고 있다면, 지금보다는 조금 더 밝은 글이기를 바라본다.

　여전히 나는 글을 쓰고 있다. 절대로 부정할 수 없는 선명한 진실. 자연스레 내린 이 결정에, 단 한 번도 후회한 적 없다.

소리

김 종 휘

(대성고등학교 2학년)

오늘도 아버지는 술에 취해 세상에 대한 분노를 나를 향해 터트리며 애꿎은 나에게 주먹질을 한다. 아직 왜 맞아야 하는지조차 영문도 모르는 나는 횡포에 길들여진 야생마가 되어 가는 듯 나도 아직 아린 나이지만 깡으로 버티는 건 신물이 날 만큼 참는 데 익숙해졌다. 정말 지긋지긋한 나날이다.

아버지는 새엄마가 들어오신 후로 무엇이 그리 화를 내게 하는지 시도 때도 없이 나를 때리신다. 초등학생이라 응석받이가 많다는 둥 언제까지 애기 짓 하냐는 둥 별의 별 핑계에 내 온몸엔 피멍이 지지 않는 날이 없었다. 하지만 이 쯤에서 나서주는 고마운 사람이 있다.

"아버지 그만 하세요. 찬이 이제 겨우 초등학생인데 그렇게 심하게 때리시면 어떡해요."

맞으면서 어렴풋이 누나의 목소리가 들려온다. 항상 이렇게 맞을 때마다 누나는 나서서 도와주곤 했다. 물론 도와주는 대가로 누나도 아버지에게 등에 붙은 누나의 배는 공처럼 차이면서 거꾸러지면서 나를 안은 두 팔을 절대로 놓지 않는다. 누나는 얼마나 아픈지 소리를 죽이면서 흐르는 눈물이 내 가슴에 젖도록 흘렸다. 누나, 누나는 그랬다. 늘….

하지만 이날은 비가 추적 추적 오는 게 뭔가 심상치 않았다.

"이런 빌어먹을 기집애가 어디서 훈계질이야? 저리 안 꺼져?"

나를 감싸고 있는 누나를 아버지는 발로 있는 힘을 다해 걷어찼다. 그러자 누나의 얇은 왼쪽 귀는 힘없이 순간적으로 벽에 부딪치고 말았다.

누나가 쓰러지며 피를 흘렸다. 그리고 귀에서 피가 흘렸다 그때 피가 왜 빨간지 알 것 같았다. 분노 어린 나에게 빨간색은 분노였다. 나는 눈을 부리 뜨고 아버지를 노려 봤다 아버지는 그런 나의 눈빛에 순간 멈칫하더니

"이 놈의 자식 어디서 눈을 부라려? 눈구멍을 쑤셔 버릴라 새끼"

아버지의 거칠은 말은 곧 다시 발길질로 이어졌다

"그만 두거라 이눔의 자슥아. 다 큰 자식들한테 뭐 허는 짓이냐?"

둥글게 몸을 말고 아픔에 끙끙 거리는 나에게 계속 되던 발길질이 멈췄다.

할머니다. 항상 끝을 말려주시는 할머니.

할머니는 누나에게 달려가며 누나를 일으켜 세웠다.

"하이고 이것 봐라. 이 어린 것이 무슨 죄가 있다고 이렇게 만드니 이제 제발 그만 좀 허거라."

누나는 의식을 잃은 것 같았다. 온몸이 멍투성이가 된 나도 서서히 앞이 흐려지기 시작했다.

얼마나 지났을까 어둠이 짙어 밖은 고요했다.

"찬이 이눔아 좀 일어나 보라카이"

할머니의 목소리가 멀리서 들려왔다. 마치 저 너머에서 외치는 듯한 목소리.

눈을 뜨니 할머니의 주름진 얼굴이 눈에 들어왔다.

"하, 할머니…."

할머니가 나를 부둥켜 안으며 통곡하셨다.

"찬아 미안하다 미안해… 저런 못낸 애비 낳아서 너한테 이 할미가 너무 미안허다"

나는 할머니를 안으며 황급히 말했다.

"할머니 누나는요? 누나 아까 피 흘리던데 병원 가봐야 하는 거 아녜요?"

할머니가 눈물을 닦으시며 말했다.

"일단 피를 너무 많이 흘리기에 솜으로 귀를 막긴 했는디…."

할머니는 말을 잇지 못하셨다.

나는 급하게 누나가 누워있는 안방으로 뛰어 들어 갔다.

나는 누나를 흔들어 깨우기 시작했다.

"누나 일어나! 일어나봐!

누나가 힘겹게 눈을 뜨기 시작했다.

"누나 정신이 들어? 대답 좀 해봐!"

하지만 누나는 멀뚱멀뚱 주위를 둘러보기만 할 뿐이었다.

"누나 대답 좀 해봐! 괜찮아? 누나 괜찮아? 왜 말을 못해!"

그러자 누나가 높은 톤의 목소리로 대답했다.

"찬아 크게 좀 말해! 하나도 안 들리잖아 소리가 소리가 안 들려 귀가 뭐가 막혔어

빨리 귀 좀 파줘 빨리 이상해 이상해.”

말이 끝나자마자 할머니는 또 다시 대성통곡을 하셨다.

“아이고 내 새끼 이게 뭐꼬… 귀가 먹었구만 먹었어 어쩌냐 아이고 내새끼 빌어먹을 놈 이게 뭐여 지 새끼 병신 만들었구먼 아이고.”

누나는 여전히 무슨 말인지 모르겠다는 듯이 멀뚱멀뚱 주위를 둘러보았다.

그때 문이 열리는 소리가 들렸다. 술 냄새와 담배냄새가 여기까지 풍겨오는 것을 보아 아버지인 것 같았다.

아버지가 방안으로 들어오시며 혀 짧은 소리로 말하셨다.

“야 이눔의 새키야 아부지랑 엄마 오셨는데 퍼뜩 인나서 인사 안허냐?”

나는 마지못해 일어나 인사를 했다.

아버지는 내 인사로는 부족했나 본지 누나를 보며 소리를 질렀다.

“이년아 넌 내 새끼 아니여? 퍼뜩 일어나서 인사 허라구!”

누나가 일어났다. 아마 아주 큰 소리는 들리는 것 같았다.

할머니가 아버지의 멱살을 잡으며 말하셨다.

“야 이 빌어먹을 천하의 나쁜 새끼야! 니 새끼 귀 먹게 해놓고, 지금 그게 헐 짓이냐?”

아버지가 비꼬듯 혀를 차며 말했다.

“귀가 먹든 말든 알바 아니잖소, 김미연 너 내일부터 다시 새엄마 일 도와 알겠냐?”

누나가 대꾸없이 서 있자 주먹을 들며 버럭 고함을 쳤다.

“도우라고 이 귀머거리 년아!! 알겠냐?”

누나는 그제서야 이해한 듯 정신없이 고개를 흔들었다.

누나의 진짜 불행은 여기서부터 시작되었다.

다음날 내가 눈을 뜬 것은 밖에서 들리는 새엄마의 고함 소리 때문이었다.

"이 년아 제발 말뜻 좀 알아들어! 앞으로 학교 다니지 말고 집안일이나 열심히 하라구! 가방 안 내려놔?"

누나가 가방을 맨 채 현관 앞에서 울고 있었다.

아마 새엄마가 이 기회에 누나를 집안일에 써먹으려고 작정을 한 모양이다. 내가 느긋느긋 일어나며 거실로 나가자 새엄마가 퉁명스럽게 내게 가방을 던지며 말했다.

"빨리 등교 하거라 오면서 xx중학교 들려서 앞으로 누나 학교 안 나간다고 말 하구"

누나의 유일한 즐거움인 학교는 그렇게 누나와 작별했다.

"다녀왔습니다."

어느새 나는 초등학교 6학년이 됐다.

항상 집에 들어오면 높은 톤의 목소리가 나를 반긴다.

"어서와 찬아 밥 차려놨으니까 먹고 들어가서 숙제해."

이젠 앞치마를 맨 모습이 너무 잘 어울리는 누나였다. 그때 안방에서 새엄마가 나왔다.

"청소는 다했니? 어서 와라 찬아 밥먹고 얼른 들어가."

누나가 청소를 아직 다 못해 논 걸 발견한 새엄마가 누나의 머리를 때리며 고함을 질렀다.

"넌 왜 그렇게 일처리가 느려! 정말 병신은 어쩔 수 없나."

누나는 눈물을 닦으며 방바닥을 닦기 시작했다. 나는 누나에게 괜히 미안해졌다. 왠지 자신이 누나의 인생을 망친 것 같았기 때문이다. 이런 저런 생각을 하며 잠을 자기 위해 누웠다 이 버릇은 나의 고통을 잊기 위해 내가 만든 수단이었다. 나는 곧 잠에 빠져 들었다.

"찬아? 찬아?"
누군가 나를 흔들어 깨웠다. 할머니였다.
"네, 할머니, 왜 그러세요?"
할머니가 근심이 가득한 표정으로 내게 물었다.
"니 누나가 없어진 것 같은 디 못봤나?"
나는 재빨리 일어나 벽에 붙은 시계를 봤다. 시계는 벌써 7시를 가리키고 있었다.
"잘 모르겠어요. 집에 왔을 때는 있었는데….
할머니가 거의 울상으로 욕지거리를 하셨다.
"니 새엄마는 어딜 갔더냐 애가 없어졌는데 싸돌아 댕기기만 하구… 에그 내 팔자야."
나와 할머니는 밤새 누나를 기다렸다. 그러나 누나는 돌아오지 않았다. 다음 날도 1주일 후에도…. 그 이후로 난 누나를 더 이상 볼 수가 없었다.

누나가 집에서 사라진 지 3년이 지났다. 나는 벌써 중학교 3학년이 되었지만 아빠와 새엄마는 항상 분탕질과 폭력으로 나를 괴롭혔다. 나에게는 견딜 수 없이 외롭고 추운 날들이었다. 할머니는 1년 전에 돌아가셨고 그 뒤 나의 보호막은 더 이상 없었다. 처음부터 없었던 같았다. 아니 있었다는 것조차 잊었다.

"야 이 자식아! 빨리 학교 안 가나?"
아버지가 방문 앞에서 고래고래 고함치며 내 옆구리를 사정없이 발길질을 했다.

하지만 난 예전의 철없던 초등학생이 아니었다.

"가요, 가! 이젠 제발 그만 좀 그러세요. 제가 초딩도 아니고 발로 차서 깨울 때는 지났잖아요?"

아버지는 나의 말에는 귀에 담지도 않은 체 그저 무조건 고함만 질렀다.

"이, 이 새끼가 애비한테 못하는 말이 없네. 빨리 안 가?"

빈 가방을 어깨에 멘 채 집을 나선 나는 곧장 학교 옆 골목으로 향했다.

저 멀리서 친구들이 담배를 뻐끔뻐끔 피며 땅바닥에 내팽기치며 마치 구세주라도 만나듯 나를 반겼다.

"찬아 오늘은 늦게왔네? 자 여기 너도 한 대 펴라."

아무 말 없이 받은 나는 불을 붙였다. 묵묵히 있는 내게 친구가 옆에서 물었다.

"오늘도 학교 빠질 거야? 너 벌써 한달 넘게 학교 안 나왔잖아."

나는 당연하다는 듯이 말했다. 그리고 친구가 피는 담배를 뺏어 피우며

"됐어 그놈의 학교 이제 지긋지긋해 뭐라고 하면 자퇴하던지 할 거야. 툇! 담배가 왜 이리 써 좀 비싼 것 좀 펴라 쪼잔하긴."

친구들이 등교한 후 나는 홀로 피시방으로 향했다. 피시방에 아는 녀석이 자퇴하고 알바를 하고 있었기 때문이다. 안으로 들어서자 친구가 나를 반겼다.

"오! 찬이 왔냐? 오늘은 일찍 왔네?"

내가 건성으로 고개를 끄덕이고 자리를 잡고 앉자 친구가 내게 웃으며 말했다.

"아 맞다! 찬아 너 오면 보여주려고 기다렸어. 일루와 봐 대박 웃긴 동영상 있어."

내가 귀찮다는 듯이 말했다.

"아 뭔데 그래 또 삘 짓 하는 거 찍은 동영상 보여주려고 그러는 거지?"

그러자 친구 녀석이 웃으며 말했다.

"이번엔 진짜다! 와서 봐봐!"

귀찮은 듯이 터벅터벅 모니터로 향했다

나는 흘기듯 동영상을 보았다. 그러나 괴상한 장면에 나의 눈은 저절로 눈을 크게 뜰 수밖에 없었다. 상체가 거의 벗겨진 듯한 여자가 서너 명의 건재한 남자들에게 무자비하게 발길질 당하고 있었다. 여자는 공포에 질린 채 두 손을 썩싹 빌며 삶에 구걸하듯 처참한 모습이었다. 그 여자는 맞으면서 신음소리조차 구걸인 듯 캥캥거리라는 남자들의 주문에 캥캥캥캥 울부짖었다. 그 모습에 옆에 있던 친구는 함께 캥캥 소리를 내며 신이 난 듯 비아냥거렸다.

그때 동영상 속 한 남자가 그 여자의 얼굴을 들더니 머리채를 쥐어잡고 뺨을 때리기 시작했다. 그 여자는 맞다 지친 듯 무표정했다. 그때 나는 봤다. 나는 보았다. 그 여자의 얼굴을. 그 여자는 누나였다. 까맣게 잊고 있던 누나의 얼굴을 동영상에서 보게된 것이다.

나는 절망했다. 가슴 속 한복판이 뚫는 듯 분노가 치솟았다.

"야 이 동영상 누가 찍은 거냐?"

친구는 갑작스런 나의 질문에 흘깃 웃으며 말했다.

"누군지는 모르고 거기 밑에 메신저 주소 써 있겠지? 왜? 가서 너도 때리게?"

순간 올라가려는 나의 손을 불끈 쥐고 의자에 풀썩 주저앉아 메신저에 접속했다. 때마침 그 사람이 로그인해 있는 것을 확인한 나는 그에게 쪽지를 보냈다.

"동영상 잘 봤습니다. 정말 재밌던데요? 혹시 어디서 찍었는지 알려 주실 수 있으세요?"

약 3분 후 답장이 왔다. 난처하다는 기색이 역력한 답장이었다.

"절대 안됩니다… 혹시 모르잖습니까? 당신이 신고할지….”

너무나 확고한 상대의 대답에 나는 방법을 바꾸기로 했다.

"아 네…. 근데 정말 신기하네요. 그렇게 일방적으로 때리는데 가만히 있는 게 말이 되나요?”

정말 신기하다는 듯한 나의 질문에 상대는 신이 나 대답했다.

"하하하 그러니까 말입니다. 찍소리도 못 하더라구요. 얼굴은 꽤 반반한데 말을 해도 대꾸가 없으니 정말 이상한 기집애라니까요.”

그렇게 쪽지 몇 개를 주고 받은 나는 다시 설득에 들어갔다.

"하하하 그렇군요~ 근데 정말 궁금하고 그 여자 얼굴이 궁금해요. 그거 쇼 아닌가요? 아무래도 찍기 위해서 만든 쇼 같은데….”

처음엔 단호했던 상대가 화가 난 듯 확실한 근거를 보여 주겠다며 드디어 어딘지 알려주었다.

"에이참… 알겠어요. 신고는 절대 하지 마세요. 거기 안산에 있는 mx노래방이에요.”

안산이라면 내가 사는 곳에서 출발하면 대략 4시간. 내일 출발하기로 마음 먹은 나는 일단 집으로 다시 들어갔다.

분노가 치밀었다. 누나의 절규가 눈에 선해 참을 수가 없었다. 집에 도착했다. 생각대로 새엄마와 아버지는 집에 없었다. 들어오자마자 방에 엎어지듯 누운 나는 누나 생각에 아무것도 할 수가 없었다.

"몇 년만의 재회인데 고작 노래방에서 맞고나 있다니….”

누나가 한심하고도 측은하게 바보 같다고 느껴졌다. 어쩌면 누나가 학교도 그만두고 귀가 먹게 된 것은 나 때문에 그럴 수도 있다. 나를 때리던 아버지를 말리느라 귀머거리가 된 누나. 철없던 시절 누나의 학교에 자퇴서를 제출하라는 새엄마의 말에 순종해 나를 돌보고 집안일을 하기 위해 학교를 그만두게 된 누나.

갑자기 아버지와 새어머니에 대한 분노가 치솟았다. 누나가 사라진 지 몇 년이 지나도록 아버지와 새어머니는 누나를 찾지 않았다. 아니 오히려 방탕한 생활을 했다. 더 이상 화를 참을 수 없게 된 나는 화를 식히기 위해 TV를 틀었다. TV에서는 "SOS 그들을 구하라"라는 한심한 프로그램이 진행되고 있었다. 프로그램을 수면제 삼아 꾸벅꾸벅 졸기 시작한 나는 결국 잠이 들었다.

잠에서 깨어난 시간은 벌써 4시간이나 지났다. TV에서는 그 한심한 프로 그램이 아직도 끝나지 않고 있었다. 아마 재방송을 한꺼번에 하는 모양이었다. 한 여학생이 나오며 말했다.

"정말 감사합니다. 이 은혜 잊지 않을게요."

아직도 저런 가식적인 프로그램을 하고 있다는 것에 대해 분노가 치민 나는 직접 누나를 데리러 가기 위해 집을 나섰다. 날씨는 상당히 우중충 했다. 비가 올 것 같기도 눈이 올 것 같기도 한 꾸물꾸물 거리는 날씨는 마치 나의 마음처럼 어둠의 저편에 있는 듯 했다.

그때 골목길 xx슈퍼 아주머니가 음료수병을 슈퍼 안으로 옮기다 나를 보며 반갑게 인사하셨다.

"찬이 어디 가나?"

나는 다급한 마음으로 대뜸.

"누나 찾으러요."

그러자 아주머니의 안색이 창백해지셨다.

"누나가 사라진 지 몇 년 짼데 갑자기 어떻게 찾으려구 그러누."

나는 묵묵히 대답했다.

"누나가 있는 곳을 찾았어요. 그곳으로 가서 데리고 와야죠."

그러자 아주머니가 주위를 흝어보더니 내게 귓속말을 해주기 시작했다.

시계를 보니 어느새 4시였다. 아주머니께 인사를 한 뒤 서둘러 고속버스 터미널로 향하니 다행히도 4시 30분 차가 있었다. 시원한 고속도로를 타고 달리는 버스 안에서 나는 이런저런 생각에 잠겼다. '누나는 잘 지냈을까…? 슈퍼 아주머니의 말씀이… 사실일까…?' 생각에 잠겨있던 나는 스르르 눈이 잠기는 것을 느꼈다.

주위는 어두 컴컴했다. 누군가 마치 허물 벗은 꿈틀거리는 애벌레처럼 희미한 그림자처럼 다가오고 있었다.

누나였다. 휑 하게 뚫어진 눈과 길게 헝클어진 머리칼, 새파랗게 멍든 목, 피투성이가 된 입술, 누나는 살아 있는 송장처럼 나를 원망의 눈으로 차갑게 쳐다보았다. 나는 반가운 마음에 누나에게 소리쳤다.

"누나! 나야 나 찬이야. 나 기억해? 나 알지?"

그러자 누나는 순간 높은 톤의 째지는 듯한 목소리로

"다 너 때문이야. 너 때문에 학교도 못 다니게 됐구. 너를 때리던 아버지를 말리다가 내 귀가 먹었어. 전부 너 때문이야! 너만 아니었어도 너만 아니었도, 너만."

그녀의 시퍼런 눈과 날카로운 손톱은 나의 목을 조르며 나의 심장을 도려 내듯 가슴이 찢어질 듯 아파왔다. 고통이었다.

"누나 아냐 내가 그런 게 아니야! 믿어줘 제발… 누나 난 아냐."
순간 나의 몸이 붕 뜨는 듯 흔들거렸다.
"학생! 학생! 다 왔어 이제 내려!"
버스 운전기사였다. 나는 비몽사몽으로 몸을 일으켰다. 지독한 꿈이었다. 그리고 어쩌면 누나의 마음을 이미 만난 건 아닐까 하는 두려움이 몸서리치게 했다. 시계를 보니 8시 34분이었다.

버스에서 내려 시내로 향했다. 동영상의 주인의 마지막 쪽지가 생각났다.
"그 노래방이 어딨냐면 안동 시내로 가서 가장 구석진 곳을 찾으세요. 그럼 구석진 곳에 눈에 탁 띄게 mx노래방이라고 적혀있을 거에요. 바로 거기에요."
시내에는 정말 화려한 조명이 가득했다. 나는 구석진 거리를 찾기 위해 20분간 헤매고 다니다 드디어 가장 구석진 곳을 찾았다. 그곳은 안동 시내의 화려한 조명과는 다르게 칙칙했다. 나는 아무 거리낌 없이 골목으로 향했다. 벌써부터 술에 취한 사내들의 술주정은 골목을 떠들썩하게 했다. 또 여자들과 한잔 더 하자는 사내를 거부하는 여자들과 실랑이를 벌이며 잡아끌 듯이 끌려가는 여자들의 저항은 못 이기는 척 따라가고 있었다.

골목을 이리저리 살피던 나는 드디어 mx 노래방을 발견할 수 있었다. 나머지 간판에는 어두운 초록색과 푸른색을 띄고 있는 방면 오직 그 간판만은 붉은 빛을 띄고 있었다. 노래방에 들어서자 엄청난 술 냄새가 입구에서부터 진동했다. 카운터 앞에는 아무도 없었다. 손님을 접대하러 간 것 같았다.
나는 누나가 있는 방을 찾아다니기 시작했다. 노래방은 상당히 넓었다. 방이 8개 정도는 있는 것 같았다. 한참 누나를 찾던 나는 구석진 방에서 흘러 나오는 괴상망측한 소리를 들을 수 있었다. 노래의 음과는 전혀 맞지 않는 상당히 높은 톤의 목소리로 박자도 전혀 맞추지 못하는 목소리로 노래를 부르고 있었다. 단박에 누나라는 것을 깨달은 나는 당장 그 방으로 향했다. 방문 앞에 이르자 누나의 노래가 더욱 선명하게 들렸다. 하지만 누나의 노래는 노래라기보다 절규로 들렸다.

방문을 열고 들어가니 남자 3명이 누나 한명을 양측에 끼워놓고 노래를 시키고 있었다. 노래를 시켜놓고 누나에게 별별 욕설과 머리를 탁탁 공을 치듯 때리고 다리에 손을 올려 놓았다 가슴으로 옮기며 장난이라기보다 치욕을 주는 즐거운 놀이를 하는 듯한 그들의 행위에 나는 더 이상 참을 수 없었다.

누나의 오른쪽에 앉아 누나의 머리를 만지고 있는 중년의 아저씨를 걸어찬 나는 다짜고짜 누나의 손목을 잡고 누나의 절규가 서려있는 그 방을 뛰쳐나왔다. 그러자 주인으로 보이는 술에 잔뜩 취한 중년인이 내 멱살을 잡으며 소리쳤다.

"넌 뭐야 이 빌어먹을 새끼야. 왜 남의 장사 망쳐놓고 지럴이여?"

그는 다짜고짜 내 얼굴을 때리며 누나에게 욕설을 하기 시작했다.

"당장 들어가지 못해 왜 여기서 서 있어! 손님 맞아야지!"

나는 노래방 문 앞에 있던 대걸레를 들고 노래방을 뛰쳐나갔다. 대걸레를 발로 차 부러뜨린 나는 다시 노래방으로 들어갔다. 용서할 수 없었다. 그는 더 이상 사람이 아니었다. 짐승은 본 떼를 보여 주는 것밖에 없다고 나는 단호하게 생각했다. 나는 심판자이다. 그리고 노래방 주인에게 달려들며 소리쳤다.

"니가 뭔데, 우리 누나한테, 이래라 저래라 해! 이 나쁜 자식아!!"

퍽 퍽 퍽 퍽

노래방 주인은 맞으면서 균형을 전혀 잡지 못하고 고꾸라졌다 엎어졌다. 손님들이 소리를 듣고 나와 소리를 지르며 우르르 노래방을 빠져나가기 시작했다. 한참을 그렇게 주인을 때리던 나는 구석에서 떨고 있는 누나를 끌고 무작정 밖으로 나왔다. 누나는 힘이 없었다. 마치 종잇장을 잡아 끄는 듯 바람을 타고 나의 손에 끌려오는 듯 무기력했다.

터미널로 바로 향하려던 내게 누나가 비명을 지르며 나의 손을 물었다.

"저기요 당신 누구에요? 왜 나한테 이래요?"

술까지 먹었는지 누나의 목소리에는 술냄새가 가득했다. 그리고 아이라인이 번져 새까만 눈엔 희멀건한 눈동자만 슬프게 앉아 있었다. 나는 슬펐다 슬퍼서 미칠 거 같았다. 누나는 나의 엄마였다. 나의 위로이자 유일한 나의 편이었다. 나를 모를 리 없었다. 그래서 나는 아마 술 때문에 자신을 알아보지 못하는 거라 생각 하고 나는 큰소리로 소리쳤다.

"누나 나야! 찬이라구! 동생 몰라? 누나 나라구. 나 몰라? 왜 몰라? 왜 왜?"

하지만 누나는 거의 쓰러질 듯 축 쳐진 몸둥아리를 겨우 나의 팔에 의지한 채 고개를 갸우뚱하며 물었다.

"누구라구? 크게 좀 말해! 나 무서워요. 나는 아무짓 안했어요. 정말이에요. 나는 몰라요. 아아아."

그때였다. 방송용 차량과 경찰차가 노래방 앞으로 들이닥친 것은. 방송용 차량에는 'SOS 그들을 구하라' 라는 글씨가 적혀있었고 이쪽으로 향하고 있었다. 또한 경찰 차량에서도 2명의 경찰관이 내려 이곳으로 달려오고 있었다.

그리고 차가운 수갑이 내 손목에 철컥 채웠다. 나는 두려웠다. 차가운 수갑이 마치 나를 세상과 영원히 단절시키려고 만들어진 족쇄처럼 무겁게 마음까지 채우는 듯 어둠이 밀려왔다.

그리고 방송국 사람들은 마치 우르르 구원으로 위장한 파수꾼처럼 카메라를 들이대며 시청률을 올리기에 여념이 없이 누나에게 다가가 열띤 취재를 하기 시작했다.

"반갑습니다. 'SOS 그들을 구하라' 라는 프로그램에서 나온 기자입니다. 이곳에서 일한 지 얼마나 되셨나요? 왜 아직 미성년인데 이런 곳에서 일하죠? 왜 맞으면서도 신고는 못했나요? 성매매는 없었나요? 이름이 뭐죠? 가족은요? 저희는 돕기 위해 나왔어요. 말해 보세요?"

하지만 귀머거리인 누나가 알아들을 리가 없다. 그들이 왜 이러는조차. 하지만 누나는 계속 나만 뚫어지게 쳐다보았다. 그리고 자꾸만 고개를 갸우뚱 거리며 기억 날 듯 말 듯한 머리를 때리며 기억하려 애를 썼다. 나는 경찰 차량으로 향하며 슈퍼 아주머니의 귀 뜸을 생각했다.

"느그 누나 몇 해 전 느네 새엄니가 팔아 넘겼다. 정말 사람이 아니다. 사람이. 그 어린 게 뭐 해먹고 사나 에그 매정한 사람 같으니, 에그 미안하다. 니가 듣기엔 너무 어린 나이라 생각해서… 말 못했는디… 미안허다. 후딱 가서 누나 데리고 돌아와."

아주머니의 말을 떠올리며 누나를 보고 있는 내 눈에 눈물이 주루룩 내렸다. 마치 비가 쏟아지듯 마음까지 쓸려 내렸다.

'이젠 괜찮아 이젠'

하지만 누나는 아는지 모르는지 멀뚱멀뚱하게 나를 보고만 있었다. 그리고 잠시 뒤 누나는 내가 탄 차를 따르며 맨발로 뛰었다. 그러나 나를 태운 경찰차는 매정하게 스르르 미끄러지듯 매정하게 세워 달라는 나의 말을 무시한 채 점점 멀어졌다. 그때 나는 들었다. 내 귀속에 바람이 일며 들리는 누나의 소리를, 그녀가 매일 잊지 않기 위해 불렀을 이름을.

"차, 찬, 찬아"

꽃, 소녀

김 희 선

(대전신일여자고등학교 2학년)

창밖은 벚꽃이 한창이었다.

4층, 건물 끝의 교실. 그 교실 안의 가장 왼쪽. 벽 한쪽을 꽉 메운 그 창문가라면 위치는 어디든 상관없었다. 칠판 근처에서 놀다가 문득 고개를 돌리면 보이는 것이 벚꽃이요, 청소를 마치고 빗자루를 집어넣다가 문득 허리를 펴면 보이는 것도 벚꽃이었다. 아직 다른 나무들은 주섬주섬 이파리를 꺼내 펼쳐 가는데, 그 삭막한 가운데 홀로 오롯이, 꽃꽂하게 서서는 벌써부터 활짝 꽃을 피워내고 벌써부터 우아하게 꽃잎을 흩날리는 그 벚나무였다.

나는 괜히 창밖을 보며 숨을 몇 번 들이쉬었다. 저렇게나 흐드러지게 피어서 사방에 꽃잎을 뿌려대는 걸 보면 그 향도 질척거린다고 느껴질 만큼 짙고 진할 것 같은데 기이하게도 들이마신 숨에 창밖에서 펼쳐지는 것 같은 분홍빛 회오리는 흔적도 없었다. 괜히 먼지만 양껏 먹은 것 같아서 억지로 기침을 한두 번 해주고 코를 훌쩍였다. 향이

나지 않는 것은 코감기 때문일지도 몰랐다. 나는 고개를 삐뚜름하게 기울이고는 시선은 창밖에 고정한 채로 더듬더듬 손으로만 휴지를 찾았다. 크흥! 비어있는 교실에 소리가 한 번 크게 울렸다. 코에서 손을 떼고 휴지를 대충 뭉친 후 쓰레기통을 향해 집어던졌다. 휴지가 분홍빛으로 물들 거라는 기대를 한 건 아니지만 어딘가 못마땅해지는 것은 어쩔 수 없었다. 휴지는 쓰레기통 근처까지 갔지만 결국 들어가진 못했다.

시계는 아직도 한 시를 가리키고 있었다. 그 아래에는 모두 빈 책상이었다. 봄이었고, 겨우내 반 아이들은 바깥을 그리면서도 추위 때문에 실내에만 처박혀 있었기 때문에 점심시간인 지금은 모두들 밖에서 시간을 보내고 있었다. 둘씩 모여 운동장을 돌기도 하고, 셋씩 모여 벤치에 앉아 봄 햇살을 즐기기도 하고, 아니면 저기 창밖에 보이는 것처럼 커다란 벚나무 아래에 네다섯씩 모여서 떨어지는 꽃잎을 잡으려고 이리저리 뛰어다니기도 하고. 작년 같았으면 자신도 그 속에 섞여 하하 호호, 낄낄 깔깔 웃으면서 아무 생각 없이 벚꽃 비를 흠뻑 맞았을 터였다.

'쳇.'

이유를 알 수 없는 못마땅함이 갑자기 울컥 커지려는 것을 느끼고 나는 고개를 휙 돌렸다. 봄기운을 가득 담은 분홍빛이 홍수를 이루던 눈앞이 순식간에 어두침침한 교실로 바뀌었다. 이놈의 학교는 어떻게 지었기에 교실에 햇빛 하나 들어오지 않는지, 하고 푸념을 늘어놓는 것도 잠시, 나는 팔을 교차시켜 책상에 포개놓고 그 위로 철벅 엎드렸다. 봄 햇살이 비껴가는 교실은 아직 겨울에 머무르고 있는 양 춥기 그지없었다.

대인관계가 넓으면 좋은 점이 많았다. 아침에 혼자 등교하지 않아도 되고, 쉬는 시간을 혼자 보내지 않아도 되고, 점심시간에 혼자 밥을 먹지 않아도 된다. 곤란한 일이 생겨도 혼자보다는 여럿이 함께 있으면 마음이 놓였고, 할 일이 많으면 이것저것 부탁할 수도 있었다. 그래서 나는 될 수 있으면 친구를 많이 사귀려고 했다. 노력은 투자한 대로 되돌아왔고, 내 주변은 언제나 사람들로 넘쳐났다. 말하자면 벚꽃이었다. 흐드러지게 피어난 꽃잎을 바람에 태우고 조금씩 조금씩 날려 보내면 곧 그 아래로 사람이 몰려들고, 그러면 자기 아래에서 즐겁게 웃고 떠드는 바글바글한 사람들을 보면서 기뻐하는. 넓은 인간관계의 장점을 깨달은 뒤로 나는 항상 그래왔고, 이번 새 학기도 당연히 그렇게 보낼 예정이었다.

"안녕? 이름이 뭐야?"

새 학년 새 학기, 낯선 아이들과 교실 풍경. 아직은 미묘한 긴장감이 돌고 있는 이 시점에서 어떻게 행동해야 벚꽃 같은 1년을 보낼 수 있을지 잘 알고 있었다. 담임선생님을 기다리는 시간, 모두들 조용히 자기 책상만 쳐다보고 있을 때 나는 옆자리에 앉은 아이를 향해 웃으면서 입을 떼었다. 떼려고 했다. 그러나 나보다 반 박자 빠르게 교실에 울리는 목소리가 있었다. 당연히 내 목소리가 울릴 거라고 생각하다가 나보다 훨씬 높은 톤의 이질적인 목소리가 들리자 나는 흠칫 하고 굳어버렸다. 소리의 근원지는 바로 내 뒷자리였다.

"어? 어어… 안녕. 내 이름은 OOO."

활발한 목소리에 보답하듯 약간 머뭇거리던 그 애의 짝은 곧 피식 웃으며 자기소개를 했고 그렇구나, 나는 유란이야. 오유란. 하고 소프라노의 발랄한 그 목소리가 대화의 뒤를 이었다. 교과서적이긴 했지만 교실에 감돌던 정적을 풀기엔 충분한 대화였다. 묵묵히 입을 다물고 선생님이 오시기만을 기다리던 교실은 물꼬가 트이듯 서서히 웅성대기 시작하더니 이내 시끌벅적하게 변했다. 다들 서로 옆에 앉은 사람끼리 인사하고, 안면이 있던 친구를 찾아 돌아다니고, 친구에게 친구를 소개받으면서 여학생들 특유의 그룹을 만들어 나가기 시작했다. 맨 처음 목소리를 냈던 아이 역시 이리저리 돌아다니며 자기소개를 하고, 인사를 하러 다니면서 교실의 누구보다도 넓은 영역을 활보했다. 활짝 웃는 얼굴은 꽤 선이 곱게 생겼다. 호감 형이다. 나는 멍하니 그 광경을 지켜보았다. 기가 막혔다. 지난 3년 내내 저 역할은 자신이 해 왔는데, 겨우 반 박자 늦은 타이밍으로 모든 걸 뺏긴 기분이 들었다.

"몇 반이었어?"

"아?…, 5반."

활기차게 변한 교실 분위기에 따라 내가 처음에 말을 걸려고 했던 짝이 나에게 질문을 던졌다. 내내 분위기를 주도해 오다가 이렇게 휩쓸려 보는 건 또 처음이라 나는 더욱 더 정신이 없어졌다. 평소 같으면 너는? 하고 되물으며 이어나갔을 대화도 얼떨떨한 기분에 단답형으로 끝내버리고 말았다. 짝은 당황한 표정으로 어, 그래? 하고는 자리에서 일어나 다른 아이를 찾기 시작했다. 하지만 그러거나 말거나 나는 익숙하지 않은 상황에서 제정신을 찾느라 혼이 나가 있었다. 창 밖에 보이는, 아직 조그마한 꽃망울이 맺힌 채 앙상함을 드러내고 있는 벚나무가 눈에 확 들어왔다. 등교하면서 보았을 때는 곧 있으면 연분홍빛 꽃들이 터져 나올 것이라는 기대로 반짝이던 그 벚나무가 지금은 혼자 겨울 속에 갇혀버린 양 삭막하고 볼품없어 보였다.

한참을 엎드려 있었던 것 같은데도 시계를 보니 겨우 10분이 지났을 뿐이었다. 점심시간이 끝날 때까지는 20분이 더 남았다. 수업시간이 되고 아이들이 교실에 들어온다고 해서 이 못마땅함이 사라질 일은 없겠지만, 적어도 텅 빈 교실의 창가 구석에 자기 혼자 덩그러니 남겨진 이 상황보다야 훨씬 나을 것 같았다. 그래 그 20분이 무슨 일을 해야 빨리 지나갈까 생각해보니 더 자보려 해도 엎드려 청하는 잠은 잘 오지 않고, 책을 꺼내 읽기는 귀찮은 감이 있었다. 나는 지운 자국이 허옇게 떠 있는 칠판을 물끄러미 바라보다가 결국 다시 창밖으로 고개를 돌렸다. 시야를 가득 메운 벚꽃이 햇빛을 반사해 새하얗게 보였다. 눈부심에 얼굴이 절로 찌푸려졌다.

늘 아래에서 직접 뛰놀기만 하다가 처음으로 건물 위에서 멀찌감치 떨어져 바라본 벚나무는 평소 생각했던 것보다 몇 배나 화려하고 눈부셨다. 괜히 나오는 한숨을 굳이 삼키지 않고 흘려보낸 나는 턱을 살짝 괴었다. 바람은 불지 않는 것 같은데 어떻게 된 일인지 꽃잎은 계속해서 흩날리면서 자기를 붙잡으려는 여학생들을 희롱했다. 떨어지는 벚꽃 꽃잎을 잡으면 첫사랑이 이루어진대! 이제는 아무도 믿지 않는 속설을 자기들끼리 이야기하면서 깔깔깔 웃는 애들이 그 사이로 어른어른 비쳤다. 거기엔 그녀도 있었다. 햇살 아래 누구보다도 환히 빛나는 미소를 짓고 있는 그녀가 있었다. 특유의 굽이치는 곱슬머리 위에 꽃잎이 팔랑 내려앉자 옆의 누군가가 킥킥 웃으며 떼어내고는 그녀에게 내밀었다. 뭐가 그리도 웃긴지 그 꽃잎을 말똥말똥 지켜보던 그녀가 까르륵 웃어댔고 뒤이어 주변이 모두 웃음으로 물들었다. 많은 아이들 가운데서 거기가 제 자리인 양 자연스럽게 존재하는 그녀를 밉상스럽다고 느끼는 것은 아마 나 뿐일 터였다. 나는 그녀를 뚫어져라 쳐다보고만 있다가 누군가에게 이 꼴을 들키기라도 한 것 같은 기분이 들어 다른 쪽으로 시선을 옮겼다.

그 곳에는 목련이 있었다.

두세 그루가 모여 마치 커다란 아름드리 나무마냥 무리지은 벚꽃과는 달리 목련은 단 한 그루였다. 크기도 크지 않았다. 가지 전체가 앙증맞은 꽃들로 무수히 뒤덮여 화사한 벚나무 옆, 앙상한 가지에 커다란 꽃만 덩그러니 드문드문 피어난 목련은 어쩐지 초라해 보였다. 그나마 아래에 내려가 가까이서 보면 높이라도 있으니 덜했을 것을, 지금 내가 있는 곳은 4층의 창문가로 모든 걸 내려다보는 위치였다.

바람이 또 한 차례 지나갔다. 소나기가 내리는 것 같이 벚나무에서는 우수수, 깨알 같아 보이는 꽃잎이 휘몰아쳤다. 꺄아-! 즐거워 보이는 비명이 어렴풋이 들렸다. 광범위하게 흩날리는 꽃잎을 잡으려고 여자애들도 이리저리 흩어졌다. 그녀도 달려간다. 넓은 벚나무 그늘 속의 벤치를 지나서, 또 그 그늘을 벗어나, 이윽고 목련 앞.

"…."

잡았어! 하고 호들갑스럽게 외치는 소리와 정말? 진짜네! 하는 새된 톤의 웃음이 4층까지 용케 들어온 바람과 함께 훅, 귓가를 스쳐 지나갔다. 또 한 번 꽃비가 내리고 있었다. 즐거운 듯 깔깔대는 소리 또한 다시 들려왔지만 이번엔 귀에 잘 들어오지 않았다. 목련 앞 공간을 잔뜩 수놓은 자글자글한 꽃잎들과 여학생과 그녀 때문에 그 하얗고 탐스러운 꽃들은 눈앞에서 흔적도 없이 사라져 버렸다. 절로 인상이 찡그려졌다.

어떻게든 시간은 지나갔다. 종이 치고 나서야 하나 둘 들어오는 아이들은 꽃가루와 웃음으로 범벅이 되어 있었다. 나는 들어와서도 연신 수다에 정신이 없는 그 무리들을 보다가 몸을 일으켰다. 점심시간 40분 동안 자연스레 차지하고 앉았던 이 자리는 사실 내 자리가 아니었다.

"오늘도 내 자리 앉아 있었네?"

조금 더 빨리 일어나야 했는데. 나는 후회를 꿀꺽 삼키고는 앞을 보았다. 높고 발랄한 목소리로 말을 건넨 그녀가 곱게 눈을 휘고 있었다. 살짝 뒤엉킨 머리칼, 뛰노느라 흐트러진 교복, 시원스런 웃음. 그에 반해 나는 아침과 별 다를 바 없는 단정한 모양새를 하고 입가를 굳히고 있었다.

예쁘장한 얼굴에 웃음까지 띄우니 누구라도 활짝 따라 웃을 법 했지만 생각만큼 미소가 잘 지어지지 않았다. 오히려 못마땅함이 한층 더 강해졌다. 마음 속 어딘가 마구 비틀리는 느낌이다. 나는 간신히 사과 한 마디를 툭 던졌다.

“미안.”

“아, 아니…! 그런 뜻이 아니라….”

인상 좋은 얼굴이 금세 당황으로 물들며 이런저런 얘기가 나오기 시작했다. 나는 그런 그녀를 물끄러미 쳐다보다가 몸을 돌려 내 자리로 돌아갔다. 횡설수설 손을 내저으며 무언가 말하던 그녀는 바로 입을 다물었다. 그녀 뒤에 있던 아이 한두 명이 수군대는 소리가 들린다.

“쟨 왜 저래?”

— 그건 내가 알고 싶다.

“학기 초부터 저러잖아.”

— 지금 너희들 앞에 있는 그녀가 아니라면 나도 이러진 않았다.

“에이, 낯가림이 심한가보지.”

카나리아가 노래하는 것 같은, 예의 그 높고 발랄한 목소리. 나는 결국 책상에 엎드리고 말았다.

따지고 보면 별 일 아닌 걸 수도 있었다. 3년간 해왔던 역할을 뺏겼다는 건 분했지만, 사실 누군가가 나에게 그런 임무를 부여한 것도 아니고, 대수롭지 않게 넘어갔어야 정상이다. 그 이후부터라도 바지런히 돌아다니며 친분을 쌓으면 얼마든지 벚꽃 같은 1년을 살아나갈 준비를 할 수 있었다.

알고 있는데도 그렇게 하지 않은 건, 아마도 그녀 때문이겠지. 칠판에 공식을 적어 내리느라 완전히 등을 돌린 선생님을 흘끗 쳐다본 후 그녀가 있는 쪽으로 시선을 돌렸다. 언뜻 보면 열심히 공부하는 것처럼 보이는 뒷모습은 가늘게 떨리고 있었다. 키득키득. 알고 보니 주변 아이들과 대화하느라 정신이 없다. 눈꼴시어서 못 봐주겠네. 나는 왼쪽 눈썹이 살짝 올라가는 것을 느끼고 다시 칠판을 향했다. 그녀의 그 뒷모습 위에 내가 겹쳐져 보이는 것을 외면하면서.

시야의 한 구석, 활짝 열린 창문 밖으로 벚꽃이 보였다. 아무도 없는 공간을 점점이 수놓고 있는 벚꽃만 잔뜩 보였다. 그래, 구석 즈음에 간신히 보이던 목련 같은 건 이 자리에선 보이지도 않겠지. 갑자기 내가 목련이 된 듯한 느낌이 들었다. 메마른 가지 위 커다랗고 투박한 꽃송이에 바람이 남긴 생채기가 가득한 목련. 저 앞에서 사랑스런 색으로 빛나는 커다란 벚나무에 가려진 초라한 목련. 그런 목련이 된 것 같았다.

5교시, 6교시를 지나 자습까지 정신을 놓고 있으니 시간이 흘러가는 건 한 순간이었다. 창밖으로 꽃들을 구경하며 싱숭생숭하던 때와는 완전히 다른 새까만 하늘에 한숨이 나왔다.

'10분 정도 걸릴 것 같으니까 기다리고 있어.'

휴대폰 화면에 찍힌 문장을 확인하고 슬라이드를 내렸다. 사방이 어두운 가운데 이질적으로 빛나던 직사각형 화면이 언제 그랬냐는 듯 휙 꺼졌다. 마침 학교 근처에서 볼일을 보셨다며 데리러 온다는 엄마는 예상 외로 막히는 길 때문에 조금 고생하시는 듯했다. 문자에는 10분이라 적혀 있었지만 더 늦어질 지도 몰랐다. 오후 10시. 이른 시간은 아니다. 아무리 봄이라도 밤에 부는 바람은 매서웠다. 나는 찬 기운이 느껴지는 팔뚝을 슥슥 문지르며 교문 근처의 벤치에 앉았다. 앉고 나서 위를 올려다보니 웬 나뭇가지가 길게 뻗어 있었다.

'벚꽃….'

낮에 질리게도 본 벚꽃이었다. 그러고 보니 주변은 밤바람에 올라탄 꽃잎이 하늘하늘 떨어져 내리고 있었다. 어두워서 눈에 띄지 않았던 걸까. 확실히 낮에는 햇빛을 받아 온 세상이 제 것인 양 빛나던 벚꽃이 지금은 검고 칙칙한 비닐을 한 겹 씌운 것 마냥 푹 죽어 있었다. 초라하다면 초라한 모습이었다.

… 초라하다. 문득 생각난 단어에 벚나무 옆으로 시선이 갔다. 우아하고 화사하게 빛나던 벚꽃 옆에 앙상한 몸으로, 머리 위에는 커다란 꽃송이 몇 개 올려놓은 채로 묵묵히 서 있던 목련이 생각나서였다. 낮에는 여왕과도 같았던 벚꽃마저 저런 꼴로 침묵하는데, 너는 얼마나 더 풀죽어 있는 모습일까.

잘 보이지 않아 몸을 일으켰다. 한 걸음, 두 걸음 다가갈 때만 해도 별 기대는 하지 않았다. 그리고 세 걸음. 벚꽃의 영향에서 완전히 벗어난 목련나무가 내 앞에 모습을 드러냈다.

"…!"

점심을 먹고 들어오니 의외로 교실엔 사람이 몇 명 있었다. 요 며칠간 그리던 임을 만난 듯 정신없이 밖으로 쏘다니던 애들 중 몇 명이 끊임없이 쏟아지는 벚꽃 비에 질려버린 건지 얌전히 자리를 지키고 있었다. 나는 머뭇거리며 그녀의 자리로 다가가 — 그녀는 아직 질리지 않은 모양이었다— 앉았다. 아무도 없는 교실에서는 남의 자리도 당당하게 앉을 수 있었는데, 누군가와 같은 공간 안에 있다는 사실이 눈치를 보게 만들었다. 다행히도, 나를 이상하게 쳐다보는 아이는 없었다. 다들 자신의 할 일에 몰두하거나, 책상에 엎어져 자고 있을 뿐.

오늘도 어김없이 벚꽃은 새하얗다고 생각될 정도로 빛나고 있었다. 어제 같으면 눈살을 잔뜩 찌푸리고 바라봤을 텐데, 어째서인지 지금은 웃음밖에 나오질 않았다. 뒤에서 잔뜩 끙끙댔으면서 앞에서는 별 것 아니라는 듯 뽐내는 어린아이를 보는 듯한 느낌이었다. 목구멍이 간질거리는 그 느낌을 참을 수 없어 나도 모르게 킥킥, 소리 내어 웃었다가 혼자 깜짝 놀라 주위를 둘러봤다. 애초에 내게 신경 쓰는 사람도 없었지만. 나는 반사적으로 입가를 틀어막은 손을 살짝 내리고 다시 창밖을 바라보았다.

어젯밤 봤던 목련의 모습은 잊을 수 없다. 칙칙하게 죽어있을 것이란 기대와는 다르게 그 메마른 가지 위에 얹힌 하얗고 탐스런 꽃송이들은 달빛을 흠뻑 머금고 고고하게 빛나고 있었다. 햇빛을 받은 벚꽃이 발랄하고 귀여운, 앙증맞은 소녀 같은 느낌이라면 달빛을 받은 목련은 우아하고 깨끗한, 고상한 아가씨 같은 모습. 정말로 예상외의 모습이었던지라 나는 장장 10분 동안을 계속 목련만 바라보고 있었더랬다.

다시 봄 햇살을 받아 흐드러지게 피어난 벚꽃의 옆, 묵묵히 서 있는 목련이 시야에 잡혔다. 떼거리로 몰려드는 벚꽃과는 다르게 함박눈이 내리듯 커다란 꽃잎을 가끔 한두 장 뚝뚝 떨어트리는 것이 보였다. 어제 이 시간쯤이었나? 목련을 보고 꼭 나를 보는 것 같다며 비웃었던 것은. 마음 속 어딘가 비틀렸던 것이 끼릭끼릭 제대로 돌아오는 것 같은 느낌에 웃음이 절로 나왔다.

새삼 그런 생각이 들었다. 굳이 벚꽃일 필요는 없을 것 같다고. 오늘도 벚나무 그늘 아래에서 실컷 뛰놀고 있는 그녀가 보였다. 그래도 어제까지 날 지배하던 못마땅함은 별로 느껴지질 않았다. 따사로운 햇살을 받은 그녀의 얼굴은 정말 환하게 빛나고 있었다. 인상이 찡그려지지도 않았다. 그냥 아무런 느낌 없이 아, 저 애는 참 벚꽃 같다. 이런 생각만 했다. 어딘가 홀가분한 기분이다.

깔깔대며 친구들과 우르르 돌아다니던 그녀는 목련 앞에 우뚝 멈춰 섰다. 잠깐 멈춰서서 목련을 바라보던 그녀는 이내 그 곱슬머리를 찰랑이며 다시 돌아섰다. 피식, 웃음이 새어나왔다.

몸을 돌려 시계를 바라보니 한 시 십 분을 가리키고 있었다. 종이 치기까지는 앞으로 20분. 그 때까지 내 자리에서 한 숨 자둘까, 라고 생각한 뒤 몸을 일으키려다가 그냥 그 자리에 엎어졌다. 오늘도 어김없이 그 애는 말을 걸겠지. 이번에는 제대로 대화할 수 있을 것 같았다.

따끈한 봄 햇살이 어느 새 교실 안까지 들어와, 엎어진 등짝을 덮어주는 것을 느끼면서 나는 슬슬 눈을 감았다. 창가부터 서서히, 교실도 봄이 되고 있었다.

걷는다

윤 종 혁

(부산진고등학교 2학년)

　나는 걷는 것을 좋아한다. 걷는다는 것은 분명 탈 것이 없었던 시대부터 있었던 이동수단이라고 하면 이동수단이며, 그걸 생각하면 인류 최고(最古)의 이동수단이라고 할 수 있다. 여하튼간에 다시 말하지만 난 걷는 것을 상당히 좋아한다. 내가 땅을 박차며 앞으로 나아가는, 혹은 옆으로 이동하는 느낌. 때로는 뒤로 움직이는 순간. 때에 시야가 움직이는 느낌이 마음에 들고, 그것은 내가 살아있다는 느낌이 들게 한다. 나는 생각하는 것도 좋아하는데, 이것도 결국 내가 살아있다는 느낌이 가장 잘 드는 행동이라 그런 것이고, 걷는 것도 그렇다고 할 수 있다. '인간의 하루는 걷기로 시작해서 걷기로 끝난다.'라고 해도 과언이 아니다. 아니, 솔직히 말해 과언이지만, 상당히 추상적으로 말하자면 기상하기 전 꿈의 문에서 의식이 걸어 나옴에서 하루를 시작하고, 다시 그 꿈의 문으로 들어감으로서 하루를 마친다고 할 수 있지 않은가. 말해보니 정말로 과언이다. 과언이지만 분명 틀린 것은 아니라고 생각한다. 악몽을 꾸거나, 수면제를 먹지 않는 이상, 우리가 기상하고, 잠에 빠져드는 것은 시간이 천천히, 그리고 확실하게 진행된다. 그 과정을 생각한다면 '걷기'와 완벽히 일치하지 않는가. 분명 걷는 것은 다른 자동차나 자전거를 타는 것보다 느리다. 하지만 확실히 진행하고, 언젠가 목적지에는 다다른다. 그저 시간이 조금 더 걸릴 뿐이다.

사람마다 걷는 걸음걸이가 다른데, 나는 그 걸음걸이도 좋아한다. 각각의 개성이 확실히 드러나는 그런 걸음걸이가 각각 있는 것이다. 당신의 걸음은 어떤 형태로 나아가는가? 위엄이 느껴지는 팔자걸음이든, 다급함이 눈에 보이는 빠른 걸음이든, 모두 다 다르다. 물론 걸음이라는 행동에 꼭 필요한 발이라는 신체부분에 슬리퍼가 신겨져 있는 것과, 구두가 신겨져 있을 때의 걸음걸이 또한 다르다. 그 다양함을 나는 좋아한다. 슬리퍼가 신겨져 있을 때의 질질 끌리는 소리도, 구두가 신겨져 있을 때의 또각 거리는 소리도 좋아한다. 저번에 길을 가다가 대학생쯤으로 보이는 한 남자가 에어쿠션이 충분히 들어가 있는 운동화를 신고는 발목에 탄력을 줘서 걷는 걸음을 걷던데, 그게 얼마나 유쾌해보였는지 모른다. 춤을 추는 직업의 사람이었는지도 모른다. 그런 생각을 하고 있노라면 나는 상당히 즐겁다는 것을 눈치 챘다. 빙 둘러 말하는 것이지만 항상 그런 느낌이다. 내가 어른이 되어서도 다른 사람의 걸음걸이를 보며 그런 생각을 할 수 있었으면 좋겠다. 내 바램이다.

걷는 것은 길과 자신과의 둘만의 대화다 그 시간엔 그 누구도 필요 없다. 단지 길과 나 둘만 있을 뿐이다 그렇기 때문에 한없이 솔직해질 수 있다.

누군가 말했다. 좋은 말이다. 특히 한없이 솔직해질 수 있다는 부분이 좋다. 좋다고 느끼는 것은 그 부분에 공감하기 때문에 좋다고 느낄 수 있는 것이다. 걷고 있으면 솔직해진다. 그래서 인터뷰 같은 것도 걸으면서 하는 인터뷰 종류가 있지 않은가. 솔직해진다는 것은 마음을 연다는 것이고. 마음을 연다는 것은 소통을 한다는 것이다. 그렇기 때문에 길과 자신만의 대화라고 하는 것이다. 아, 길뿐만이 아니라도, 자신과 타인에게 있어서도 마음을 열 수 있는 계기가 되는 것이 걷는 것이다. 마음을 자주 열다보면 자물쇠가 느슨해져서, 언젠가는 항상 열려있는 상태가 되기 마련이다. 나는 그 자물쇠를 빨리 풀고 싶다.

나는 지금도 걷고 있다. 걷는 행위는 무언가 목표가 있어서 걷는 것이겠지만, 현재는 그 목표를 잘 알 수 없다. 아니, 그 목표를 찾는 것이 목표라고 할 수 있다. 다시 말하자. 나는 지금도 걷고 있다. 목표를 향해서 걷고 있다. 그렇게 생각하면 역시 나에게 있어서 지금 가장 필요한 것은 걷는 것이고, 앞으로도 필요할 것이다. 솔직히 말해 나는 타인의 시선에 신경을 많이 쓰는 타입이다. 그래서 내 걸음걸이는 누구보다도 아름답게, 그리고 멋지게 마지막으로 확실히 맺는, 그런 걸음걸이가 되어서 목표까지 걷고 싶다. 물론 쉴 때도 있다. 하지만 생각하자. 산책할 때 묘미는 걷는 도중 쉬어서 주위 경치를 보는 것도 있다. 그리고 다시 걸어서 목표가 달성되면 다른 목표를 찾을 것이고, 다시 그 목표를 찾기 위해 걸을 것이다. 느리지만, 확실히. 한발 한발을 내딛으며.

버섯 꽃

김 연 준

(계원예술고등학교 3학년)

꽃이 또 죽었다. 타들어가는 종이처럼 꽃잎이 시커멓게 변했다. 꽃잎은 금방이라도 떨어질 듯이 위태롭게 매달려 있다. 행운을 바라는 사람처럼 시들어 버린 꽃잎을 하나씩 떼어본다. 어느새 바닥에는 썩은 꽃잎들이 어지러이 널려 있다. 나는 그냥 놔둘까 생각하다 밖에서 가게 안을 들여다보는 사람과 눈이 마주치자 급히 빗자루를 든다. 빗자루에 쓸려 한 뭉텅이로 모인 꽃잎들은 쓸모없는 낙엽처럼 보인다. 여자의 마음을 사로잡을 만한 힘도 지니고 있었던 것들이 한순간에 쓰레기와 다름없는 처지가 된 꼴을 보니 괜스레 미안해진다. 한 번도 해보지 않은 앞치마를 두르는 것부터 시작해 죄 없는 꽃들을 무참히 죽게 놔두는 건 일쑤다. 나는 허리께를 조여 오는 앞치마 때문에 몸을 좌우로 비튼다.

앞치마에 달린 앞주머니에 손을 넣어 구겨진 메모지를 꺼낸다. 휴대폰을 꺼내 메모지에 적힌 번호를 꾹꾹 누르다가 무엇을 먼저 주문해야 할지 몰라 고개를 돌려 가게 안을 이리저리 둘러본다. 꽉 차 있었던 가게 안의 꽃들이 눈에 보일 듯 말듯 군데군데 비어 있다. 나는 생각을 바꿔 얼마 남지 않은 종류의 꽃들을 한 곳으로 모은다. 그 중에서도 백합은 세 송이, 흰색 장미는 고작 한 송이가 남아 있다. 나는 그것들을 내가 제일 관리하기 힘든 꽃으로 단정 짓는다. 앞으로 백합과 흰색 장미를 찾는 손님들은 헛걸음을 한 꼴이 될 것이라고 미안한 마음을 가져본다. 허브 또한 내게는 만만치 않은 존재다. 가진 게 많은 만큼 까다로운 티를 내는 것일까. 유독 쉽게 시들어 버린다. 나는 주저하지 않고 시들어 버린 허브들을 진열대에서 내려놓는다. 둔탁한 소리를 내며 바닥에 허브를 내려놓는데 잔뜩 흙이 묻은 메모지가 눈에 들어온다. 손가락으로 흙을 쓱쓱 문지르자 가려져 있던 글자가 보인다.

'송파금은 잘 자라고 있니? 이틀에 한 번씩 물주는 거 잊지 마.'

분명 엄마의 글씨다. 장을 보러 나가거나 잠깐 집을 비울 때마다 엄마는 밥 잘 챙겨 먹으라는 메모를 남기곤 했다. 그런데 가게 안에 메모를 남긴 적은 없었다. 이 메모는 언제부터 이곳에 있었던 것일까. 접힌 모서리에 번진 얼룩을 보아 최근에 쓴 것은 아닌 듯하다. 어지러움이 머릿속을 헤집는다.

송파금, 하고 나는 메모지에 적힌 문자들의 조합을 소리 내 읽어 본다. 송파금이 무엇인지 나는 잘 알지 못한다. 이 가게 어딘가에 있긴 하겠지 라고 생각하며 쪽지를 앞주머니에 넣는다.

아프리카. 그곳은 가게 안에 들여놓고 싶을 만큼 희귀한 꽃들이 있는 곳이다. 아빠를 만나러 가겠다고 한 엄마는 그곳에서 방향성을 잃고 사막에서 오아시스 찾듯 희귀한 꽃을 찾으러 다니고 있을지도 모를 일이다.

나는 다시 버튼을 누른다. 신호음이 가기 시작한다. 이대로 간다면 불과 일주일만 지나도 꽃냄새 나지 않는 꽃집으로 변할 것 같았다. 뚜뚜 신호음의 리듬에 맞춰 여러 대안을 떠올려 본다. 아르바이트생을 부를 것인가, 친구들과 연락을 끊고 온종일 가게에만 있을 것인가…. 신호음이 끊긴다.

귀가 아플 정도로 시끄러운 노래방 룸 안에서 친구 놈은 용케도 핸드폰 진동 소리를 듣고 나를 툭툭 친다. 나는 마이크를 잡고 날뛰는 친구들을 뒤로 한 채 밖으로 나온다. 문 하나를 두고 있을 뿐인데 방의 안과 밖은 온도마저 다르다. 좁은 공간 안에서 쉬지 않고 움직이는 녀석들이 없으니 룸 밖은 시원하기까지 하다. 혼미해진 정신을 바로 잡으며 핸드폰을 귀에 갖다 댄다.

"금방 오시나요? 늦게 오시면 앞에 두고 갈게요."

중년으로 느껴지는 남자가 대뜸 소리친다. 뭐라도 변명할 틈도 주지 않고 전화가 툭 끊긴다. 나는 가게 여는 시간은 가게 주인 마음대로 하는 게 아니냐며 어이없는 웃음과 함께 속으로라도 변명해 본다. 이런 곳에 와서까지 가게에 대한 전화를 받아야 한다니 갑자기 기분이 우울해진다. 빨리 가게에 가서 문에 붙여 놓은 내 전화번호를 떼는 게 낫겠다는 생각이 든다. 식사 시간과 집안일과 관련된 시간을 제외하고 한 시도 가게를 비우지 않았던 엄마를 떠올린다. 가게의 풍경에 화석처럼 굳어 있던 엄마는 무슨 생각을 하며 시간을 보냈던 것일까.

가게 앞에는 중년의 남자 대신 커다란 종이상자 두 개가 놓여 있다. 상자를 열어보니 상태 좋은 선인장들이 줄줄이 나열되어 있다. 그제야 전화를 걸어 온 남자가 손님이 아닌 배달원이란 것을 깨닫고 가슴 한 구석에 조금 미안한 마음이 생긴다. 나는 가게 안으로 상자를 들여놓는다. 행여나 선인장의 가시가 박힐까봐 목장갑을 끼고 앞치마까지 두른다. 허브가 자리 잡고 있었던 위치에 선인장을 가지런히 나열한다. 쉽게 시들지 않을 것을 생각하니 나열되어 있는 모습이 꼭 장군들처럼 듬직해 보인다.

문에 달린 종이 딸랑인다. 가게 안으로 들어온 사람은 다름 아닌 방금 전까지 같이 노래를 부르던 친구 녀석이다.

"그게 뭐냐, 계집애처럼."

녀석은 내가 두르고 있는 앞치마를 잡아끈다. 노래방에서 먼저 나온 내가 야속해 이곳까지 온 듯하다. 나는 멋쩍어 하며 앞치마를 벗는다. 녀석은 가게 안을 이리저리 둘러보다 봉우리가 맺힌 꽃에 시선을 둔다.

"곧 필 것 같네. 이 놈 이름이 뭐냐?"

"글쎄, 나도 잘 모르겠어."

녀석 같은 놈이 꽃에 관심을 가지니 피식 웃음이 나온다. 녀석은 작년부터 나와 같이 놀게 되었다. 그때부터 녀석은 머리에 두 줄의 스크래치를 고집스레 유지하고 있다. 녀석은 꽃보다는 오토바이가 어울릴 것 같다.

문에 달린 종이 딸랑인다. 여자가 조심스럽게 가게 안으로 들어온다. 갓 끓인 라면 면발처럼 잘 말린 파마머리하며 이맛살을 찌푸리게 하는 여자의 향수냄새는 그녀가 꽤나 까다로울 것이라고 알려준다. 여자는 즐비하게 놓여 있는 선인장에 시선을 둔다. 여자는 손끝으로 선인장의 가시를 살짝 만져보다 이내 다른 화분으로 시선을 돌린다. 여자가 고민을 하고 있는 것 같아 나는 주인 행세라도 해야 할 것처럼 느껴져 조심스럽게 입을 연다.

"혹시, 뭐 찾으시는 게 있으시나요?"

"선물을 하려고 하는데 마땅한 게 없네요. 여긴 뭐 선인장만 가득해서."

여자의 말투는 예상대로 꽤 까칠하다. 옆에 서 있던 녀석이 내 귀에다 대고 여자에게 꽃바구니를 추천하라고 말한다. 나는 여자에게 꽃바구니를 가리키지만 여자는 영 마음에 들지 않는 눈치다. 선인장이 아닌 것을 찾는 듯 여자는 가게 안을 한 바퀴 돈다. 그러다 계산대 앞에 멈춰 선다.

"이건 얼마에요?"

여자가 가리킨 것은 계산대 위에 있는 화분이다. 엄마는 늘 그 화분 앞에 온종일 앉아 있었다. 엄마가 좋아하는 화분인 것 같아 잠시 망설여진다.

"만 원이요."

여자가 행여 환불을 하러 오진 않을 거라고 생각해 조그만 크기에 비해 다소 비싼 가격을 부른다.

"무슨 꽃이 피는데요?"

순간 나는 건너편 상가 건물 앞에 누군가 무성의하게 놔둔 철쭉이 떠올라 자주색 꽃이 핀다고 얼버무린다. 여자는 바쁘다며 빨리 포장해 달라고 보챈다. 나는 어쩔 수 없이 화분을 여자에게 건넨다. 여자는 향수 냄새를 남긴 채 가게에서 나간다.

전화벨이 가게 안을 잠식하던 침묵을 깨며 요란하게 울린다. 녀석이 재빨리 가게로 온 전화를 받는다. 여보세요 하는 녀석의 말에 상대방은 대답이 없는 듯하다. 녀석은 고개를 갸우뚱하며 이상하네 하고 혼잣말을 하며 수화기를 내려놓는다.

모니터에 몸을 바짝 기울이며 문자들을 읽기 시작했다. 아빠에게서 온 이메일이었다. 두 달째 연락두절이었던 아빠였다. 처음 두 달은 꼭 집에 오다가 다음 달부터 아빠가 오지 않았다. 알파벳만 가득한 키보드를 붙잡고 씨름했을 아빠를 떠올리니 피식 웃음이 새어나왔다. 한 문장을 해석하는데도 십 분이 족히 걸렸다. 일곱 여덟 개의 알파벳으로 된 단어들을 일일이 검색창에 쳤다.

"볼룬티어 워크…."

나는 영어공부를 할 때처럼 소리 내어 읽었다. 옆에서 빨래를 개던 엄마도 아빠에게서 메일이 왔다고 하니 궁금한지 멀리서 곁눈질을 했다. 나는 간신히 해석한 문장을 엄마에게 말해주었다. 아빠 말고도 한국인 자원봉사자가 몇 명 있고 밥은 잘 먹고 있다는 내용이었다. 쉬 이즈 투게더…. 나는 계속해서 소리 내어 읽다가 입을 다물어 버렸다. 아빠가 지칭한 she는 엄마가 아니었다. 내 어눌한 영어 실력에 의하면 아빠는 지금 두 사람을 가슴에 담고 있다고 했다. 자원봉사자로 온 사람 중 한 사람이라고 했다. 나는 엄마의 눈치를 살피며 스크롤바를 내렸다. 영어 문장들 밑에는 검은 피부에 유독 흰 이를 드러내며 웃고 있는 외국인들과 찍은 사진 여러 장이 첨부되어 있었다. 아무런 추신도 쓰여 있지 않고 첨부되어 있는 사진은 타국에서 잘 지내고 있다는 것을 알려 주려 하는 것일까. 그러나 이내 곧 아빠가 미안함을 표출할 때마다 평소 하지 않는 행동을 한다는 것이 떠올랐다. 나는 오랫동안 모니터에서 떨어지지 못한 채 멍하니 있었다.

엄마와 나는 흰색가운을 벗고 국경없는 의사회니 뭐니 하는 곳에 들어가겠다고 떠나버린 아빠를 네 달째 기다리고 있는 중이었다. 외국으로 떠나기 바로 전날까지 엄마는 아빠를 쳐다보지도 않았다. 이렇게 가족을 두고 홀연히 떠나버리는 사람이 어디 있냐며 아빠를 원망했다. 그러나 아빠는 담담했다. 아빠는 서재 책상 위에 10년 동안 입었던 의사 가운과 항상 목에 걸고 다녔던 청진기를 곱게 올려놓았다. 그 옆에는 한 박스 가득히 병원에서 쓰던 의료서적이 들어 있었다. 아빠는 그동안 모은 돈으로 엄마 몰래 작은 빌딩을 하나 사놓았고 세를 내놓으면 매달 적지 않은 돈을 받으면서 살 수 있을 거라고 했다. 적어도 한 달에 한번쯤은 한국에 올 수 있고 연락은 더 자주 할 수 있을 거라며 우리를 설득시켰다. 아빠는 응급환자를 수술할 때처럼 단호한 표정이었다.

"또 뭐라니?"

엄마는 궁금한지 빨래를 개다 말고 자리에서 일어났다. 짧은 순간이었다. 나는 뭐라고 대답해야할지 머릿속이 복잡해졌다. 나는 재빨리 인터넷 창을 닫았다.

"그냥…. 이번 달에도 못 온다네."

엄마는 들릴 듯 말 듯한 한숨을 내쉬었다. 나는 괜히 엄마에게 미안해졌다.

아빠가 내게 엄마에게 하지 못한 말을 이메일로 보낸 이유를 알 것 같다. 집에 있기가 싫었던 중학교 이학년 때 밤늦게 어디를 나갔다 오냐고 다그치던 엄마와는 다르게 아빠는 내 편에 서주었다. 자기가 부름을 시켰다고 눈에 보이는 거짓말로 엄마에게서 날 구해줬었다. 그때부터 아빠와 나는 엄마에게는 차마 말할 수 없는 남자들의 비밀을 말하곤 했다.

'야, 언제쯤 오냐. 나 지루해.'

녀석에게 온 문자 메시지다. 집에서 놀고 있는 녀석에게 나는 기타를 배우러 가야한다는 핑계를 대고 가게를 맡겼다. 지루해 하품을 하고 있을 녀석을 생각하니 웃음이 난다.

가게 안으로 들어서자 제일 먼저 계산대 옆에서 엎드려 자고 있는 녀석이 눈에 띈다. 나는 녀석을 깨우려다 계산대 위에 있는 화분에 시선이 멈춘다. 분명 여자가 사갔던 화분이 틀림없다. 인기척을 느낀 녀석은 눈을 비비며 일어난다.

"아 그거, 물을 줘도 꽃이 안 자라는 것 같다고 그 여자가 환불해달라고 했어."

녀석은 내 마음을 읽었는지 내가 묻기도 전에 먼저 말해온다.

"하여간, 생긴 것처럼 까다롭다니깐."

녀석은 여자에 대한 푸념을 늘어놓는다. 나는 그래도 화분이 다시 돌아와 다행이라는 생각이 든다. 그동안 엄마가 아끼던 화분이었을 거란 생각에 마음이 찝찝했다.

선인장이 꽤나 많이 팔린 모양이다. 빽빽하게 나열되어 있던 것들이 어느새 듬성듬

성 자리를 잡고 있다. 녀석을 아르바이트 생으로 써도 손색이 없을 것 같다. 선인장을 처음 들여놓았을 때 했던 걱정이 무의미해지고 있다. 반면 예상대로 다른 꽃들은 제 멋을 펼쳐보기도 전에 죽어가고 있다. 냉장실 안에 보관되어 있는 꽃들도 마찬가지다. 나는 꽃들을 어쩔 수 없이 골라낸다. 이미 지나간 일은 돌이킬 수 없다는 생각으로 미련 없이 버린다. 그러면서도 역시 한편으로는 미안한 마음이 든다.

"이 화분 조금 이상해."

녀석이 내 뒤통수에 대고 외친다. 녀석이 가리킨 화분은 여자가 두고 간 것이다. 나는 녀석과 머리를 맞대고 화분을 자세히 들여 본다. 화분에는 하나의 꽃이 피어 있고 두개의 봉우리가 맺혀 있다. 이상하게도 활짝 핀 꽃에는 수술은 없고 암술만 있다. 녀석은 잔뜩 오므린 봉우리를 억지로 열어젖힌다. 아직 피지 않은 봉우리도 마찬가지로 수술이 없다. 녀석은 나보다 더 진지해 보인다.

"이 꽃은 원래 이런 건가?"

녀석이 바보 같은 소리를 한다. 원래부터 수술이 없었다면 이 화분은 꽃을 피우지 못했을 거다. 화분은 언제나 가게 안에 있었다. 수술이 바람에 실려 날아왔을 리가 없다. 두 개의 봉우리는 엄마가 떠나기 전의 모습 그대로이다. 그때도 열릴 듯 말 듯한 모양새를 하고 있었다. 여자가 괜한 투정을 부렸던 게 아닌 것 같다.

엄마는 그동안 왜 하필 이 화분 앞에 있었던 걸까. 전화통화를 하는 줄로 알았던 엄마는 그때 화분 앞에서 혼잣말을 하고 있었다. 화분과 대화를 나누는 것처럼 말이다. 마치 고민 상담을 하는 것처럼 엄마의 표정에는 격한 감정이 실려 있어 보였다. 그러다가 화분의 암술을 만지면서 표정이 누그러지기도 했다.

녀석은 배낭에서 노트북을 꺼낸다. 노트북의 전원이 켜질 때까지 녀석은 화분을 이리저리 관찰한다. 녀석은 화분을 들어 손끝으로 화분 밑바닥에 묻은 흙을 살살 털어낸다. 흙이 떨어지자 붙여 있던 흰색 스티커가 모습을 드러냈다. 흰색 스티커에는 작은 글자로 '원산지 : 아프리카 카나리아 섬'이라고 쓰여 있다. 녀석은 다시 화분을 내려놓고 모니터를 빨려 들어갈 듯이 바라본다. 궁금증을 향한 녀석의 몰입이 시작된 것이다. 간간이 들려오는 마우스 클릭 소리만이 녀석이 멈춰버린 동상이 아니란 것을 알려주는 듯하다. 녀석이 화분의 이름을 찾아 낼 동안 나는 카나리아 섬이 어디쯤에 있을지 생각해 본다. 푸른 파도에 출렁이듯 떠 있는 녹색 육지가 머릿속에 그려진다. 까마득하게 느껴지던 아프리카가 눈앞에 있다. 아프리카 땅을 밟는다. 나는 태양이 내리쬐는 허허벌판에 오롯이 서 있다. 높게 뻗은 나무들이 간간이 보이고 갈라진 땅 사이로 피어 올라오는 식물들도 있다. 아프리카 대륙을 한 눈에 바라본다. 그 어디엔가 아빠가 있을 것 같다. 나는 아빠를 불러본다. 내 목소리는 메아리치듯 울려 퍼진다. 그러나 아빠는 내 목소리를 듣지 못했는지 대답이 없다. 나는 다시 카나리아 섬을 찾는다. 큰 대륙과 조금 떨어진 곳에 있을 것 같다. 그곳은 짙은 안개가 가득하다. 내 앞에 녀석의 시무룩한 얼굴이 보인다. 녀석 역시 카나리아 섬을 찾지 못한 듯하다. 녀석은 화분을 햇빛이 잘 들지 않는 한 쪽 구석에 갖다 놓는다.

반복되는 전화벨소리가 귓전을 때린다. 나는 재빨리 전화를 받는다. 여보세요 하는 내 말에 상대방은 아무런 대답이 없다. 나는 다시 수화기를 내려놓는다.

식탁 위에 여권이 놓여 있었다. 여권을 펼치니 젊었을 적 엄마의 사진이 보였다. 엄마는 비행기 타는 것을 싫어해 외국을 나간 적이 없었다. 엄마는 어딜 가려고 하는 것일까.

엄마의 방 침대 위에는 반쯤 열린 캐리어가방이 있었다. 아들인 나에게도 말 한마디

없이 떠나려고 하는 것을 생각하니 섭섭함이 밀려왔다.

엄마는 내일 아프리카로 떠난다고 내게 통보하듯이 말했다. 나는 순간 머릿속이 억박적박하게 뒤엉켜버렸다. 수척해진 엄마의 모습과 다른 여자와 함께 있을 아빠의 모습이 동시에 떠올랐다. 나는 조급한 마음을 애써 감추고 내 방으로 달려갔다. 전화기는 고정되어 있는데 자꾸만 버튼이 잘못 눌러졌다. 다시 버튼을 누르고 신호음이 갔지만 아빠는 전화를 받지 않았다. 나는 뭐라도 해야겠다는 생각으로 재빨리 컴퓨터를 켰다. 나는 인터넷 창을 열고 떠오르는 단어들을 무작정 키보드를 쳤다. '보내기' 버튼을 눌렀을 때야 비로소 내가 아빠에게 이메일을 보냈다는 사실을 깨달았다. 엄마가 도착하기 전에 아빠가 먼저 이메일을 확인할 수 있을지는 의문이었다. 모니터의 전원버튼을 누르고 화장실로 가 괄약근의 힘을 풀었다. 긴장을 했었는지 참았던 오줌이 순식간에 터져 나왔다. 찬물로 세수를 하고 화장실에서 나왔다. 방으로 들어갔는데 분명 꺼냈던 모니터가 켜져 있었다. 전원버튼을 제대로 누르지 않았던 것일까. 아니면 그 사이 엄마가 들어와 이메일의 내용을 본 것일까. 등에 한 줄기 땀이 흐르고 있었다.

수술이 없는 화분 한 쪽에 노란색버섯이 자리를 잡고 있다. 녀석이 그늘진 곳에 두었긴 했지만 그새 버섯이 자랄 줄은 몰랐다. 식물도감에는 4일 정도의 생명만 지니고 있으며 화분에 있는 식물에는 영향을 끼치지 않는다고 쓰여 있지만 왠지 꺼림칙하다. 노란각시버섯이라는 이름을 가지고 있지만 내겐 다른 버섯들과 별 다를 게 없어 보인다. 무단으로 침입한 녀석은 나한테나 화분한테나 마찬가지로 불청객으로 여겨진다. 순간 아빠 옆에 있는 여자가 엄마에게 불청객일지도 모른다는 생각을 해본다. 나는 버섯을 뽑을까 하다가 그래도 생명이거니 싶어 너그러운 마음으로 그냥 놔둔다. 나는 두 손으로 화분을 들어 원래 있던 곳인 계산대 위에 올려놓는다.

　버섯을 보니 지난 번 단풍구경 차 설악산에 올랐던 때가 떠오른다. 자작나무 밑에서 숨을 고르고 있었는데 나무에 붙어 기생을 하고 있는 버섯이 눈에 들어왔다. 버섯은 염치없이 오랫동안 머물렀는지 내 주먹만큼 컸다. 자작나무의 영양분을 빼앗아 먹고 있다는 생각을 하니 내 손으로 떼어주고 싶었다. 내가 버섯에 한눈이 팔려 있는 것을 발견한 아빠는 옆에서 버섯에 대한 사전적 정의를 중얼거렸다. 이렇게 기생하는 버섯이 있는가 하면 공생하는 버섯도 있다고 했다. 공생 버섯은 땅속 무기양분을 흡수해 일부를 나무에 공급하고 나무로부터 탄수화물을 공급받는다고 했다. 이 버섯은 기생과 공생사이를 오가고 있는지도 모른다. 버섯과 나무는 서로 좋아서 붙어 있는 것처럼 보이지만 나중엔 버섯이 먼저 돌아설 것이다. 조금 떨어진 곳에서 엄마가 아빠에게 손짓했다. 나는 산을 오르며 엄마와 아빠는 공생관계일 것이라고 확신했다.

　계산대 밑에 녀석의 배낭이 놓여 있다. 녀석의 가방을 들어보니 꽤나 묵직하다. 지퍼를 열어보니 녀석의 노트북이 들어 있다. 무료한 가게에서 녀석이 시간을 보내는 방법은 탁월했다. 나는 조심스레 노트북을 꺼내 전원을 켠다. 손님이 없는 가게 안에 노트북의 팬이 돌아가는 소리만이 조용히 울려 퍼진다. 인터넷 창을 열어 자주 가는 포털 사이트에 로그인을 한다. 새 메일이 왔는지 빨간색 뉴 버튼이 반짝인다. 메일을 보낸 사람은 아빠다. 아빠가 드디어 이메일을 확인한 것이다. 일초라도 더 빨리 보고 싶은 심정에 두 번 세 번 메일을 클릭한다. 어느새 내 심장은 빠르게 뛰고 있다. 긴박했던 나의 편지와는 달리 첫 문장부터 아빠의 말투는 차분해 보인다. 아빠의 답장은 잘 지내고 있냐는 인사부터 시작하고 있다. 서두가 꽤 길어 내가 원하는 대답이 나올 때까지 아래로 드래그를 한다. 그 대답 역시 너무나 차분하다.

　맘 이슨트 히얼 옛. 예상치 못한 답변이다. 나의 다급했던 언어들의 조합은 무의미해진 꼴이 되었다. 엄마가 아직 도착하지 않았다니. 그러고 보니 엄마는 그저 아프리카로 떠난다고만 했지 아빠를 만나러 간다고 한 적은 없었다. 당연히 아빠를 보러 가는 줄 알았는데. 엄마는 도대체 어디쯤에 있는 걸까. 도무지 이해할 수가 없다. 엄마가 떠난 지 어느덧 보름이 다 되어가고 있다. 도중에 비행기를 잘못 탄 것일지도 모른다. 하지만 그렇다면 엄마는 아빠에게 연락을 했을 것이다. 어쩌면 엄마는 처음부터 아빠에게 갈 생각이 없었던 것은 아닐까. 가슴 한편에 허무함이 솟구친다. 엄마는 아프리카의 수많은 꽃을 지날 때마다 그 앞에 앉아 독백을 하며 대화가 되는 순간을 기다리고 있을지도 모른다.

자릿한 냄새가 제일 먼저 나를 반긴다. 가게에서 돌아오면 보리가 이리저리 오줌을 지려놓은 흔적들이 집안에 가득하다. 엄마가 떠난 후 보리는 부쩍 대소변을 제대로 가리지 못한다. 화장실 옆에 보리의 배변 판이 놓여 있는데도 보리는 자꾸만 거실의 카펫 위에 실수를 하고 만다. 나는 휴지를 한 움큼 뜯어내 보리의 흔적을 없앤다.

부엌에는 날파리가 날아다니고 있다. 한동안 잘 버리다가 일주일 동안 버리지 않고 놔둔 음식물쓰레기 때문이다. 엄마가 떠난 후 부엌은 인적 드문 산골자기처럼 누군가의 흔적도 남아있지 않다. 나는 매일 냉장고에 붙어 있는 중국집딱지에 적혀있는 번호로 볶음밥을 시켜먹는다. 매번 일인분만 시켜서 배달아저씨에게 미안하지만 나는 전기밥솥을 만질 줄 모르기 때문에 어쩔 수가 없다. 가구가 많아 넓지도 않은 집이 유독 을씨년스럽게 느껴진다.

어느새 버섯 꽃의 몸집이 더 커져 있다. 살찐 버섯 꽃을 살짝 건드려본다. 기차 화통처럼 시끄러운 전화벨이 연신 울린다. 여보세요 하고 무심결로 전화를 받는다. 이번에도 대답이 없어 나는 누구시냐고 버럭 화를 낸다. 그러자 곧 전화가 끊긴다. 가게 전화기에는 발신자 번호가 뜨지 않아 누군지 알 수가 없다. 누군지는 모르지만 분명 뭔가를 말하고 싶어 하는 사람인 것 같다. 나는 궁금증을 떨쳐버리지 못한 채 다시 버섯 꽃이 핀 화분을 바라본다. 이 화분은 제 꽃을 피우진 못하지만 새 식구를 들이며 나름대로 잘 자라고 있는 듯하다. 화려하지 않은 이 화분은 여자가 사가지 않았더라면 내 눈에 들어오지 않았을 것이다. 더러워진 화분의 밑바닥은 이 화분이 꽤 오랫동안 가게 안에 자리 잡고 있었다는 증거이다. 엄마가 말한 송파금이 혹 수술이 없는 이 화분이 아닐까 하는 생각을 해본다.

　가게 밖으로 따뜻한 봄의 햇빛이 내리쬐고 있다. 가게 문을 열어 얼굴을 내밀어 본다. 어디에서 날아왔는지 모를 민들레 꽃씨가 바람에 의지해 공중에 붕 떠 있다. 민들레 꽃씨는 천천히, 조금씩 움직이고 있다. 머지않아 닿을 아프리카 카나리아 섬까지.

동 상

얼굴

박 예 슬

(고양예술고등학교 3학년)

문이 열렸다. 문턱 위로 꽃무늬 버선을 신은 엄마의 발이 올라왔다. 버선 위로 밑단에 고무줄을 끼운 보라색 몸뻬바지가 보였다. 바지에 달린 고무줄과 버선 사이로 보이는 엄마의 하얀 발목이 바싹 말라있었다. 머리 군데군데가 하얗게 서리긴 했지만 아직 봐줄 만한 우리엄마. 엄마는 깔끔하게 발려 뼈만 남은 조기 한 마리와, 깨끗하게 비워진 밥그릇을 들고 나왔다. 두 손에 들린 밥상과 엄마의 모습이 퍽 잘 어울려 보였다.

문은 완전히 닫히지 못하고 빈약한 틈새를 보였다. 그 틈으로 본래 하얀색이었을 때가 탄 크림색 이불에 둘둘 말려있는 몸뚱이 하나가 보였다. 이불 아래로 툭 튀어나온 다리가 아까 본 엄마의 발목보다 더 하얗고 말라 있었다. 덮힌 이불이 무거워 보일 정도로 작고 연약한 몸뚱이. 엄마는 그분을 '어머님'이라고 불렀다. '어머님 진지 드세요.' '어머님 입 벌리시고, 그렇죠. 잘 하셨어요.' 엄마는 말 꼬리처럼 어머님 소리를 입에 달고 살았지만 나는 그 '어머님'이 이불보에 싸인 아기 같다고 생각했다. 그래서 나는 몸이 제 기능을 포기한 상태로 우리 집에 들어온 어머님을 새로 생긴 동생 쯤으로 여겼다. 그러나 그토록 엄마가 애지중지 하는 동생이건만 나는 좀처럼 그 동생에게 정이 가질 않았다. 심지어 얼굴조차 보고 싶지 않았다.

할머니는 방에서 나오는 법이 없었다. 처음에는 제법 거동도 가능해서 용변을 보러 가끔 나오기는 했지만 이젠 꼼짝없이 방 안에 붙들려서 지냈다. 오직 밥상을 나르고 요강을 비워주는 엄마만이 할머니를 볼 수 있었다. 나는 가만히 누워서 엄마만을 의지하는 할머니의 모습을 상상해보니 점점 아기로 돌아가고 있구나, 라는 생각이 들었다.
72세의 아기는 갓 태어난 신생아들보다 보살피기가 여간 귀찮은 일이 아니다. 생김새가 귀엽지도 않고 애교도 부릴 줄 모른다. 밥투정이 끊이질 않고 땀도 많이 흘린다. 옷을 종종 갈아입혀줘도, 어딜 나가지도 않았는데 금방 더럽혀지곤 한다. 무엇보다 72세 아기는 여느 아이들처럼 쑥쑥 크지를 않는다. 오히려 태어나기 전으로 돌아가고 있는 중일지도 모른다. 걷다가, 기다가, 주저앉아 버렸다. 한번 주저앉은 몸은 다시 일어설 새도 없이 이불 행이었다. 그리고 지금까지 크림색 이불 속에서 나올 기미를 보이지 않고 있다.
할머니가 처음 우리 집에 오던 날, 나는 학교에서 수학여행을 가는 바람에 집에 없었다. 그리고 2박 3일의 일정을 마치고 돌아온 내 방은 이미 나만이 써오던 그 방이 아니었다. 책상과 책장이 치워지고 침대의 매트리스는 젖은 채로 베란다창가에 세워져 있었다. 햇빛을 받던 젖은 매트리스가 내 눈에는 눈물을 뚝뚝 흘리는 것처럼 보였다. 아무것도 채워지지 않은 빈 방은 새하얀 이불 한 채만이 차지하고 있었다. 젖은 매트리스는 할머니가 눈 오줌 탓이었다. 10년을 써오던 오래된 침대를 큰맘 먹고 바꾼, 얼마 되지 않은 새 침대였다. 피곤에 지친 몸을 맘 놓고 맡길 침대가 사라졌다는 생각에 나는 할머니가 미워졌다.

　할머니는 나날이 쇠약해져 갔다. 엄마는 그런 할머니를 위해 매일 흰 쌀죽을 쑤어 방으로 들어갔다. 너무나 병약해진 탓인지 밥도 제대로 씹어 먹지 못했기 때문이다. 그런 식으로 하루 이틀, 일주일, 한 달이 지나자 엄마는 불안해하였다. 여전히 할머니는 죽지 않고 살아 있었다. 엄마는 행여나 내년에 가기로 계획한 해외여행이 틀어질까 노심초사했다. 이대로 버티다간 해외여행은커녕 늙은이 병수발만 들다 늙어 버릴 것 같은 불길한 예감이 들은 모양이다. 엄마는 마침내 수화기를 꺼내 들고 큰엄마네 집 번호를 눌렀다. 엄마의 이야기는 하소연으로 시작했다. 할머니 이야기인 듯 했다. 그러나 푸념으로 시작된 전화는 곧 말다툼으로 번지며 결국 큰소리가 났다.
　엄마는 거의 울먹이며 수화기에 대고 소리쳤다.
　"내가 언제까지 저 중늙은이를 데리고 살아야 돼요? 형님도 정말 너무 하세요. 처음엔 일 년씩 맡기로 했었잖아요. 그동안은 사정 봐주느라 별 소리 안했었지만, 어머님 벌써 우리 집에 계신지 이 년째라고요."
　나는 엄마가 통화를 하는 소리가 듣기 싫어서 내 방으로 갔다. 거실에서 내 방으로 가려면 안방과 할머니 방을 지나야 한다. 하지만 나는 지금껏 내 방으로 가면서 안방이던 또 다른 방이던 고개를 돌린 적이 없다. 그런데 그날은 이상하게도 고개가 돌아갔다. 어딘지 을씨년스러운 기분이 들어서였다. 고개를 돌려보니 할머니 방문이 열려 있었다. 불이 켜져 있지 않은 듯 했다. 나는 원인모를 호기심에 할머니가 있는 방으로 들어갔다.
　방안은 불이 꺼진 채로 달빛만 잔뜩 받고 있었다. 방 한 가운데에는 둘둘 말린 이불 한 채 만이 놓여 있었다. 달빛을 받은 크림색 이불이 저번보다 더 어두워져 있었다. 이불 속에는 엄마가 전화로 말하던 '중늙은이'가 들어있을 테였다. 할머니는 누에고치처럼 초승달 모양으로 움츠리고 있었다. 곧 껍질을 까고 하늘로 날아갈 것만 같았다. 아마 엄마도 그걸 원하는지 모른다.

　문득, 내가 할머니 얼굴을 제대로 본 적이 없다는 사실을 깨달았다. 나는 조심스레 할머니에게로 다가갔다. 내가 이불 근처에 앉자, 반 쯤 들뜬 황금색 장판이 공기소리를 내며 바닥의 시멘트와 맞닿았다. 바닥에 앉던 중에 내손이 할머니의 손과 스쳤다. 나는 내 손등에 닿은 게 사람의 손이라고 느껴지지 않아 흠칫하였다. 수분기가 없는 나뭇가지를 만지는 기분이었다. 나는 조금 더 가까이 다가갔다. 눈앞에 할머니의 뒤통수가 보였다. 그러자 내가 옆에 있다는 것을 아는지, 할머니가 천천히 고개를 돌렸다. 원인모를 설렘이 솟구쳤다. 그러나 할머니의 얼굴을 확인하는 순간, 나는 너무 놀라 입을 다물 수 없었다. 그 놀람이 단순한 충격이었는지 어떤 깨달음이었는지는 알 수 없었다.
　할머니의 얼굴, 그것은 내 얼굴이었다. 나는 내 본래 얼굴을 기억하려 애를 써보았지만 떠오르지 않았다. 오히려 눈앞에 있는 얼굴이 나의 얼굴이란 확신만 짙어지고 있었다. 얼굴이 나를 쳐다 보았다. 나의 눈과 얼굴의 눈이 마주쳤다. 얼굴이 희미하게 웃고 있었다.

병신제작법(病身製作法)

정 미 경

(대전가오고등학교 3학년)

0

· 피그말리온 효과(Pygmalion effect) : 타인의 기대나 관심으로 인하여 능률이 오르거나 결과가 좋아지는 현상
· 기대(期待/企待) : 어떤 일이 이루어지기를 바라고 기다림
　　— 기다리고 기다림 / 발돋움하기를 기다림

1

　왼손으로 턱을 괴고 오른손으로는 마우스 휠을 휙휙 돌리며 익숙한 손놀림으로 H사 홈페이지에 접속했다. 그리고는 타닥, 탁, 키보드로 이름과 주민등록번호를 써넣고 영원히 끝나지 않을 것만 같은 버퍼링이 끝나지 않기를 기다리며 눈을 게슴츠레 뜨고 모

니터 화면을 바라보았다. 3개 항목 남음. 1개 항목 남음. … 1개 항목 남음. 이미 알고 있는 결과를 맞닥뜨리는 것뿐인데도 끝날 생각을 않는 버퍼링은 사람을 기대하게 만든다. 기분 나쁘게.

시작 메뉴 위에 '완료'가 뜨자마자 눈을 감았다. 슬며시 눈꺼풀을 올리며 컴퓨터 정중앙에 써 있을 글씨를 찾았다. 식염수를 뿌리지 않은 렌즈를 낀 것 같은 뻑뻑함과 바로 눈앞에 방충망을 들이댄 것 같은 막막함을 느끼며 글자들을 '해석(解釋)' 했다. "제기랄." 결국 입에서 쌍소리가 터져 나왔다.

신경질적으로 재떨이를 끌어다놓고 입에 담배를 물었다. 치직 소리만 낼 뿐 화염을 분사하지 않는 라이터를 책상 한구석에 집어던지고 서랍을 뒤져서 다른 라이터로 불을 붙였다. 다행히도 ─불이 붙지 않았으면 이번에는 책상을 뒤집어엎고 라이터를 찾았을 테니까─ 이번에는 불이 붙었다.

이미 방 안 공기의 절반쯤을 차지하고 있는 담배연기 때문에 눈이 아렸다. 날 거부한 회사가 내게 보내는 짤막한 거절의 말이 적혀있는 재수 없는 홈페이지를 닫아버리고 마우스를 집어던졌다. 몇 번 더 쌍소리를 읊조리고는 달랑거리는 담뱃재를 털었다.

제기랄. 이 짓도 벌써 3년째인데.

여러 가지 이유로 서서히 눈이 붉어질 무렵, 타다닥, 급하게 집 안으로 들어오는 발소리가 들렸다. 두 사람 사는 집에 있으니 남은 사람은 한 명 밖에 없다. 하필 이런 때에…, 제기랄!

"너, 이년! 또 알바 안 갔지! 집에서 썩지만 말고 밖에 나가서 돈벌어오라고 내가 했어, 안했어. 어?!"

"아, 진짜, 안 그래도 실업난에 우울한 딸년한테 그딴 소리 하고 싶어?!"

"이년이, 네가 뭘 잘했다고 큰소리야! 내가 그 패션이니 뭐니 당장 때려치우라고 했지? 차라리 공무원 시험을 봐! 그때까지는 먹여 살려 줄 테니까! 어휴, 내가 이런 말 해봤자 소용도 없지. 그만 고 조동아리 다물고 이번엔 엄마가 물고 온 데 꼭 나가. 이번에도 안 나가면 네년 이름 석 자 호적에서 확 파버릴 줄 알아.”

“아, 웃기지마! 할 수 있다고! 원래 그 업계는 다 나처럼 좀 준비과정이 길어. 원래 오래 걸리는 거, 잘 알지도 못하면서….”

그리고 그 소리도 벌써 몇 번째야. 입을 삐죽이며 중얼거리니 단번에 머리로 손바닥이 날아왔다. 하아…, 이젠 덤비기도 귀찮아.

“그래서 이번엔 또 뭔데. 알고 있겠지만 난 편의점 그딴 알바 절대 안 해. 알지?”

“엄마 친구 알지? 너 고등학교 동창, 그 뭐시기 Y 있잖아. 걔네 엄마가 너한테 부탁하고 싶은 일이 있나봐. 봉급 세니까 무조건 물고, 이번에도 멋대로 안 나가면 엄마 얼굴 먹칠하는 거니까 그리 알고. 알았어?”

아, 네. 쾅 닫히는 방문 사이로 빠져나가는 뿌연 공기를 아쉬운 눈으로 쳐다보다가 입에 물고 있던 재만 남은 꽁초를 재떨이에 비벼 껐다. 그리고 담뱃갑을 집어들은 동시에 난 그것을 방구석에 집어던졌다. 재떨이에 엉망으로 뭉개져 있는 담배가 너무도 아쉬웠다.

빌어먹을, 되는 일이 없으려니까 이젠 별게 다…. 돗대였는데….

2

샤넬 봄 컬렉션 72만원, 프라다 핸드백 43만원, 까르띠에 시계 530만원…, 과연 이런 저택에 걸맞는 비싼 몸이셨다. 내가 지금까지 봐온 사람 중 가장 비싼 치장을 한 — 어느 나라 귀족 부인 같은— 여자가 나를 물끄러미 바라보다가 입을 열었다. 대체 저런 사람이 어떻게 우리 엄마 친구인 건지.

"하도 어릴 때 봐서 몰라보겠네. 나 기억 안 나지?"

아뇨, 나요. 그 엄친딸의 어머니 되시는 분을 어떻게 잊을 수 있겠어요… 라는 말은 뒤로 삼키고 그냥 작게 고개를 끄덕였다. 사실 정말 기억 안 났다.

"너희 엄마가 요즘 네 걱정 하느라 얼굴이 반쪽이 됐더라. 뭐, 요즘 세상이 이러니 네 잘못도 아니지. 너희 엄마가 일자리 없냐고 묻길래 나도 마침 사람이 딱 필요해서 널 불렀어. 괜찮니? 요즘 하는 일 없지?"

…나 참, 말 한 번 예쁘게 하시네. 아무렇지 않게 청년 실업자를 깔아뭉개는 말에 얼굴이 구겨졌지만 억지로 펴고 고개를 끄덕였다. 내려 깐 눈을 들어 올리니, 여자는 내 의사는 안중에도 없었는지 손목에 착 감겨있는 까르띠에 시계를 바라보며 시간을 가늠하고 있었다. 그리고는 일을 빨리 끝내려는 듯, 프라다 백에서 하얀 봉투를 꺼내 내 앞에 내밀었다.

"나이가 나이다보니 쓸 일 많을 것 같아서 넉넉히 넣었어. 할 일은 아마 딸아이가 설명해 줄 거란다."

아줌마, 여기 이 애 좀 Y방으로 데려다 줘요. 그럼 난 바쁜 일이 있어서 먼저 일어날게. … 순식간에 일을 진행시키고는 종종걸음으로 사라지는 여자를 힐끗거리며 난 가정부인 듯한 여자의 뒤를 따라 2층으로 올라갔다. 1층을 조금 축소시켜놓은 듯한 2층, 그 제일 안쪽에 있는 방 앞에 날 데려다놓은 가정부는 똑똑 노크를 하고는 재빨리 아래층으로 사라졌다. 들어와요, 여자 목소리가 들렸다.

끼익, 조심스럽게 연 방문 틈을 비집고 빠져나오는 바람 뒤로, 검은색 긴 생머리의 초췌한 여자가 침대 위에 앉아있었다. Y. 고등학교 졸업 이후 단 한 번도 볼 수 없었던 내 고교 동창.

3

"나 왔어."

터덜터덜 걸어와 식탁 앞에 쓰러져 앉으니, 그래도 딸이라고 엄마는 밥솥에서 김 올라오는 따끈한 밥을 퍼줬다. 그래, 그래도 집이 최고지…, 한 시간 쯤 지나면 쏙 들어갈 말을 머릿속으로만 생각하며 우적우적 입에 밥을 쑤셔 넣었다. 그때까진 적어도 기분이 나쁘지는 않았다.

"Y는 만나봤니? 힘든 일 당한 애니까 잘 해주고. 그리고 봉투 내놔."

"… 아, 씨, 엄마. 일하고 들어와서 밥 먹는 딸년한테 오늘 받은 월급봉투 내놓으라는 소리나 하고 싶어? 내가 진짜 서러워서…."

신세한탄이나 다름없는 말을 내가 늘어놓고 있을 때, 엄마는 이미 내 짜가 샤넬 백을 뒤적거리며 꽁꽁 숨겨놓은 봉투를 찾아 꺼냈다. 탁탁 벌려진 봉투 사이로 튀어나온 건, 음….

"큰 거 세 장? 이 기집애, 신경 많이 썼네. 당분간 살림 걱정은 없겠다."

"반 내놔, 엄마."

"이년이 미쳤나, 이 돈이 어떤 돈인데 반이나 내놓으래!… 1할 줄 테니까 그렇게 알아."

"아, 씨, 진짜! 그 돈 갖고 싶으면 엄마가 직접 가서 달라 하지, 왜 날 보내는데! 엄만 친구한테 내 일자리 빌어서라도 그렇게 돈이 갖고 싶었어?! 아님 정말 내 걱정이라도 했어? 누가 내 걱정 해 달래? 진짜 짜증나서…."

한 수저 남은 밥을 마저 입에 쑤셔넣고 우당탕, 발에 걸리는 건 모조리 다 차버리며 방문을 쾅 닫았다. 짜증이 치밀어 올랐다.

4

Y가 어쩌다 이렇게 됐는지 궁금해서 가정부 아줌마에게 물어봤다. 아가씨에게 물어보란다. 이 집 사모님에게 물어보니 딸아이에게 물어보란다. 병원에 정기검진을 갈 때마다 만나는 운전기사에게 물어보니 아가씨에게 물어보란다. 그래서 Y에게 물어보았다.

"너 참 배려 없구나?"

"이래봬도 너한테 물어보기까지 여러 사람 거쳐봤거든. 나름 배려있다고 생각하는데."

고등학교 때도 그냥 3년 동안 같은 반이었을 뿐 전혀 친하지 않았기 때문에 우리는 그다지 말을 섞어본 일이 없었고 그 결과 가끔이나마 말을 주고받을 때는 어색하기 짝이 없었다. 고교 졸업 후 6년 넘게 못 보았다 보니 그 어색함이 배는 더했지만 난 진심으로 노력했다. 그 이유는 첫째 나는 돈을 받았고, 둘째 Y가 나보다 '약자' 이기 때문이다.

어쨌든 하루 하고도 한 나절 정도가 지났을 때 Y가 입을 열었다.

"수영하다가 머리를 찧었어. 신경에 문제가 생겨서 하반신 마비인 거고."

길게 풀어보자면, 새로 생긴 수영장에서 다이빙을 하다가, 다이빙대 높이에 비해 수영장 깊이가 형편없어서 그대로 머리를 갖다 박은 것이다. 난 가정부 아줌마에게 —엄청 졸랐다— 그 얘기를 듣고는 웃음을 터트릴 뻔했지만 아줌마는 얼굴을 굳히며 목숨을 잃을 뻔했던 심각한 사고였다고 말했다.

"웃어도 돼. 이 꼴이 되어 앉아 있는 나 자신도 우스우니까."

비웃어도 돼. 비웃어 보지 그래? 라는 말에 그래 너 참 꼴 우습다, 라며 비웃을 수 있는 사람이 이 세상에 얼마나 될까. 아무리 집에서 인간 말종 취급받는 나지만 그 정도로 악랄하지는 않다. 하지만 굳이 위로해 줄 친절함도 없었기 때문에 —애초에 Y는 내게 위로같은 걸 바라지도 않았다— 그냥 무심히 고개를 돌렸다.

"수영장을 고소했어. 엄청나게 돈을 뜯어냈고. 그런데 꼴이 이렇다 보니 그 돈을 쓸 일이 없어."

오늘 Y는 말이 많았다. 돈 받고 목욕 시켜주고 간간히 말동무나 되어주는 간병인으로 고용되어 있기 때문에 뭐라 맞장구를 쳐줘야 할 의무가 있긴 하지만, 자신의 장애를 담담히 풀어내는 말에는 정상인이 붙여줄 수 있는 맞장구란 없다. 공감할 수가 없으니까. 난 그저 고개를 주억거리며 얼굴을 찡그리는 것 정도밖에 할 수 없었다.

…라고 해봤자 내가 Y에게 동정을 품을 이유는 없었다. 애초에 그만한 돈 받지 않았으면 하루에 십 수 시간씩 이 집에 붙어 있을 일도 없으니까.

5

요즘 내 일과는 간단하다. 아침 10시 정도까지 삼성동 Y의 집으로 간다. 조금 멀긴 하지만 뭐 교통비도 꼬박꼬박 나오니 가줄 만하다. 아침에 도착하면 목욕을 도와준다. 그냥 욕실까지 데려다주는 정도이긴 하지만, 하반신 마비인 사람에게는 지나치게 높은 곳이라는 게 있기 마련이다. 그럴 일이 거의 없긴 하지만, 가끔 필요한 게 너무 높은 곳에 있을 경우에 Y는 밖에 있는 나를 조용히 부른다. 난 말없이 다가가 필요한 걸 꺼내주고 다시 말없이 나간다. 그렇게 그 날 내 일은 끝이다.

사실 알아서 밥 차려주는 가정부 있고, 알아서 병원까지 데려다 주는 운전기사 있는 마당에 내가 Y에게 해 줄 일은 거의 없었다. 애초에 간병인이라는 건 필요하지도 않았을 거다. 결국 필요한 건 그냥 말동무 정도? 그마저도 Y는 거의 말이 없어 내가 묻는 말엔 대답도 하지 않을 뿐더러 스스로 말을 거는 일도 흔치 않았다. 가끔 뜬금없이 내뱉는 것을 뺀다면.

“난 형제가 많아. 상류층 집답지 않은 일이지.”

Y는 오빠가 셋, 여동생이 하나 있다고 했다. 다들 한국에서 얼굴 보기도 힘든, 세계에서 내로라하는 인물들이랬다. 이런 집안사람들은 대체 무슨 직업으로 먹고 사는지 조금 궁금해져서 물어볼까 하다가 관뒀다.

항상 몇 시간 만에 입을 열어 뜬금없이 꺼내는, 앞뒤 정황 하나 맞지 않은 말에 어이가 없어 침대 위에 앉아있는 Y를 바라보면 Y는 내게 일말의 관심도 주지 않은 채 멍하니 창문을 열고 밖을 바라보곤 했다. 밖은 화창한 5월. 완연한 봄이었다.

“산책 나갈래?”

대답이 없었다. 창문을 통해 Y의 얼굴을 스친 바람이 내게 부정의 말을 전했다. 난 다시 읽고 있던 잡지로 눈을 돌렸다.

“너 왜 이렇게 살아?”

“뭐?”

“왜 이렇게 사냐고.”

이젠 익숙해져서 점심 먹고 5시간 만에 Y의 목소리를 듣는 것은 별로 이상할 것도 없었지만…, 그 에미에 그 딸년이라고, 이 집도 말로 사람 속 박박 긁는 데에는 이골이 났다. 그래서 조금 언성이 높아졌다.

“비웃어?”

“비꼬는 거 아냐. 말 그대로의 의미로 받아들여봐.”

“당연히 취직 안 되니까 이렇게 네 병수발이나 들고 있는 거지. 그리고 패션 계열은 사람 잘 받아주지도 않아.”

빌어먹을 돈. 내가 엄마 앞에서도 안했던 신세한탄을 대체 왜 Y앞에서 하고 있는 거지? 대화를 시작하기 한참 전부터 지금까지 창밖만 바라보며 얘기하던 Y는 내 마지막 말에 나를 힐끗 쳐다보더니 차분히 말을 이었다.

"기분 나빴니? 사과할게. 악의는 없었어."

"그다지. 뭐, 괜찮아. 조금 늦은 것뿐이지, 난 할 수 있을 테니까. 그런데, 기분 나빠 보이던?"

"화난 것처럼 보이길래."

물론 화야 났지만 티가 났었나? 고개를 돌려 옆에 있던 커다란 전신 거울을 바라보니, 얼굴을 잔뜩 구기고 있는 추한 모습의 여자가 나를 응시하고 있었다.

"넌 아직까지도 자신에게 기대를 걸고 있구나."

대답 없이 그냥 Y를 올려다보았다. Y는 언제나 그렇듯이 창밖을, 어딘지 모를 먼 곳을 바라보며 말했다.

"그거 부럽네."

6

혼자서도 잘 가긴 하지만 간병인으로써 돈 받아먹고 있으니까 예의상 교수님 앞까지 데려다주고 나는 재빨리 자릴 피했다. 간병인으로써 내게 필요한 정보들은 Y가 알아서 알려줄 터였고, 무엇보다 난 Y에 대해 더 자세히 알 생각이 없었다. 우린 애초에 친한 사이도 아니었고, 간병인 일이 끝이 나면 그저 엄마친구딸 정도의 기억 외엔 남을 것이 없으니까. 'Y 잘 알아?' 라는 물음에 긍정할 수 있는 일은 아예 안 만들어 놓는 것이 편했다. 난 Y를 싫어했으니까.

'난 널 싫어했을 뿐이지만, 넌 날 혐오했지.'

Y는 1등, 수재, 온갖 최고의 수식어를 다 갖다 붙여도 들어맞는 학생이었지만 난 잡

지나 뒤적거리며 커서 패션 계열에서 일을 할 거니 뭐니 떠드는, 공부밖에 모르는 저런 애는 대학 가서도 똑같은 꼴일 거라며 Y에 대해 뒤에서 수군대는 멍청이에 불과했다. 그 땐 느끼지 못했지만, 대학이 결정이 나고, 자연스럽게 난 쳐다보지도 못할 대학 문턱을 밟는 Y를 보며, 그리고 Y가 간다고 하면 집에서 초상이 날 법한 대학교의 문턱을 넘는 나를 바라보는 Y를 보며 어느 순간 알아챘다. 넌 날 혐오했구나.

그리고 더 기분 나쁜 것은….

'그 잡지 좋아하나봐?'

'그다지. 그냥 옛날에 이력서 냈던 회사 잡지야. 국내에선 그래도 제일 나아서 보는 것뿐이고. 왜?'

'편집장이었어. 거기.'

"저, 저기 실례합니다만…."

"예?"

넋 놓고 있다가 정신을 차리니 웬 의사 가운 걸친 남자가 내 어깨를 툭툭 치며 날 부르고 있었다. 처음 보는 여자한테 예의없게….

"뭐죠?"

"혹시나 해서 여쭙는데, Y씨 간병인 맞으신가요?"

"네, 그런데요. 무슨 일로…."

"아, 전 Y 고등학교 동창입니다. 지금 이 병원에서 레지던트로 근무하고 있습니다. 그런데 혹시 요즘 Y가 재활치료 꾸준히 하고 있나요? Y가 재활치료를 꾸준히 해왔다면 지금쯤 지지대 붙잡고 설 수라도 있을 텐데, 지금 전혀 호전이 없어서요…."

"아뇨, 제가 있을 때는 전혀…."

"본인이 하기 싫어하더라도 간병인 되시는 분이 꼭 시키셔야 합니다. 재활치료만 열심히 하면 아직 가능성이 있어요. 완전히 재기불능한 상태가 아니란 말입니다. 꼭 좀 부탁드립니다.”

그리고 병원에서 담배는 안 됩니다. Y와는 서로를 알아보지만 나와는 서로를 알아보지 못하는 어느 고등학교 동창은 내 머릿속을 뒤죽박죽으로 뒤섞어 버린 채 같잖은 충고의 말을 건네고 바쁘다며 자리를 떠 버렸다. 그런데,

“뭐야, 이거.”

원래는 회복할 수 있다고? 재기불능은 아니라고?

누구한테도 듣지 못한 새로운 정보에 머릿속이 우글거렸다. 병원이라 불도 못 붙인 채 물고 있던 담배를 잘근잘근 씹었다. 씁쓰레한 맛이 혀를 마비시켰다.

Y네 엄마, 그러니까 사모님이 날 불렀다. 한 달 째 되는 날이었다.

“벌써 두 번짼데 이번에도 직접 주기 뭐해서 계좌이체 시켰어. 너희 엄마한테 확인해보렴.”

엄마가 아니라 돈독 올라 죽기 일보직전인 아줌마예요. 설마 그 큰 거 세 장을 한 달만에 다 쓴 건 아니겠지? 만약에 통장에 돈 한 푼도 안 남아 있으면 이 여편네 머리를 쥐어뜯고 말겠어…, 라는 현실적인 것들이 사실 내 인생에서 가장 중요했지만, 지금 중요한 건 따로 있었다.

“저, Y 어머님. 제가 병원에 갔다가 재활 치료 이야기를 들었는데요.”

“아, 재활치료…. 네 마음대로 해. 애가 하고 싶다면 하는 거고, 하기 싫다면 안 하는 거고. 그런데 지금까지 안 하는 걸 보면 자기도 생각 없는 게 아닐까 싶은데. 자기도 가망 있단 거 교수님한테 들어서 알고 있을 테니까.”

“어, 저, 그래도 어머님이 권하시면 하기 싫어도 하지 않을까요?”

“나도 이제 지쳤어. 이제 쟤한테 기대도 별로 안 하고. 네가 알아서 해.”

내가 지금 좀 바빠서⋯, 지난번과 마찬가지로 손목시계를 들여다보더니 바쁘다며 종종걸음으로 사라지는 Y네 엄마를 바라보다가, 이제는 안내 없이 스스로 2층으로 올라갔다. 똑똑, 처음에 나 대신 가정부가 해 주었던 노크도 내가 대신 했다. 어느 순간부터 난 내가 평생 벌어도 살 수 없을 법한 이 거대한 저택에서의 생활에 이미 익숙해져 있었다. 난 변해 있었지만 여전히 변하지 않은 한 가지가 남아 있었다.

침대 위에 앉아있는 초췌한 검은색 생머리 여자가 나를 힐끗 쳐다보더니 물었다.

“엄마가 뭐래?”

재활치료 이야기를 꺼내볼까? 그 의사, Y 생각 많이 하는 것 같던데. 자기가 먼저 말을 걸었지만 대답을 들을 생각도 없다는 듯 Y는 다시 창밖을 쳐다보았다.

‘지금까지 안 하는 걸 보면 자기도 생각 없는 게 아닐까 싶은데. 가망 있단 거 이미 알고 있을 테니까.’

‘나도 이제 쟤한테 기대 별로 안 하고.’

‘너는 아직까지도 자신에게 기대를 걸고 있구나.’

굳이 말해서 뭐해. 지가 이미 알고 있고, 스스로 다리병신으로 살고 싶으니까 저러고 있는 거지. 저렇게 무기력하게 사니까 엄마라는 사람도 지쳐 빠지는 거 아냐.

이미 고개를 돌린 지 시간이 꽤 돼서 이제 와서 대답하기도 머쓱했지만, 어색하게나마 Y를 바라보며 말했다.

“별 거 아냐.”

7

난 제법 한 가닥 하는 골초지만 환자랑 같이 있을 때에는 담배를 피울 수 없기 때문에 집 밖 현관 앞에서 담배를 피우곤 했다. 매번 똑같은 건 아니었지만 내가 나가는 시간은 거의 규칙적이었고 —하루에 한 다섯 번 쯤?— 내가 점심을 먹고 나서 2번째로 나갈 때쯤엔 항상 운전기사 아저씨와 마주치곤 했다. 그는 내가 담배를 비벼 끌 때쯤 나타났고, 난 두 번째 담배를 무는 대신 그가 피우는 담배의 부류연을 한껏 들이마시며 담배값을 절약하곤 했다.

"저기, 아저씨. 뭐 하나만 여쭤도 되요?"

"뭡니까? 말씀하세요, 간병인 아가씨."

"왜 이 집 식구들은 Y한테 재활치료를 안 시켜요? 가망 있다면서."

그는 갑자기 쿨럭거리며 거세게 기침을 했다. 7할 쯤 남아 있는 담배가 땅으로 떨어져 버렸다. 아깝게. 근데 왜 이렇게 놀래?

"저같은 말단이 뭘 아나요."

"아시는 것 같은데요."

"크흠…."

그는 멋쩍게 기침을 몇 번 하더니, 주변을 휙휙 둘러보고 목소리를 낮추며 짧게 말했다.

"그건 이 집 사모님이 '두 번째'라는 게 없는 분이기 때문입니다. 첫 번째에 모든 기대를 쏟아 부으셨다가 한 번 좌절되면…."

두 번째? 그게 무슨 소리야? 두 번은 기대 안 한 다는 소린가? 뭔가 알 듯 말 듯한 느낌만을 남기고 그는 말을 줄인 채 뒤도 돌아보지 않고 뚜벅뚜벅 멀어져갔다. 온 몸을 꽁꽁 싸맨 검은 양복. 더울텐데, 라고 생각하다 무심코 주변을 둘러보았다. 그러다가, 내리쬐는 초여름의 햇살 사이로 Y와 눈이 마주쳤다. Y는 나를 잠시 응시하더니 모습을 감췄다. 누웠나보다.

점점 짙어지는 초목. 그 사이를 뚫고 새어 들어오는 빛을 보고 그제서야 깨달았다. 벌써 여름이구나.

방에 돌아가니 Y는 역시나 누워 있었다. 부엌에 들러서 뭐 좀 마시고 미적미적 걸어 오는 사이에 창밖으로 해가 약간 기울어 있었고, 약간 그림자가 진 방을 비추는 건 하얀색 형광등이 아니라 지는 해가 유품으로 남긴 듯한 옅은 주황빛이었다. 불 켜줄까? Y는 고개를 저었다.

잡지를 반 권 정도 읽었을 쯤, 부스스 Y가 상체를 일으켰다. 일어나서 도와주려고 했지만, 그 사이에 Y는 이미 상체를 완전히 일으켰다. 그리고는 잠시 숨을 고르고, 언제나처럼 창밖을 멍하니 바라보았다.

나머지 반 권을 거의 다 읽어갈 무렵이었다.

"우리 집은 기대가 큰 집안이야."

아까 운전기사 아저씨가 했던 말이다. 설마 들었나?

"나한텐 오빠가 셋, 여동생이 하나 있었어."

있 '었' 다고?

"큰오빠는 동경대 조교수야. 둘째오빠는 국제변호사고. 셋째오빠는 뭐가 됐을지 몰라. 나보다 훨씬 똑똑했는데, 수능 전날 독감에 걸려서 수능을 망쳤어. 그리고 한 달쯤 지나니까 알아서 죽어버리더라."

"… 뭐?"

"그땐 왜 그깟 수능 때문에 자살을 하나 싶었지. 한번 쯤 망칠 수도 있잖아. 그런데 이 꼴이 되고 나니까 그때 오빠 심정이 어땠는지 자연스럽게 알게 되더라."

난 그냥 대답하는 것을 포기했다. 그럴 겨를이 없었기 때문이다. 생각나는 것들은 너무도 많은데, 정확히 짚어내기가 쉽지 않았다. 잠시 휴지를 두었다가 Y는 다시 말을 이었다. 주황빛이 더 짙어졌다.

"한 사람에게 큰 기대를 거는 사람은, 그 기대가 단 한 번이라도 좌절대면 다음이란 없어. 날 동정해?"

앞뒤 말이 전혀 연관성이 없어서 처음엔 알아듣지도 못했다. 그저 미동 없이 자기를 바라보고만 있는 나를 응시하던 Y가 대답을 재촉했다.

"나를 동정해?"

잠깐의 침묵이 흐르고, 난 긍정의 대답을 꺼냈다. "응." 난 널 동정할 생각이 없지만 동정해. 앞길 창창한 대로를 달리던 부잣집 아가씨. 이 시대 내로라하는 커리어우먼. 그런 것들에게서 버림받은 채 추락하고 있는 너를 동정해. 과거에 얼마나 잘났든 지금까지 산 날보다 훨씬 긴 미래를 내 반도 안 되는 높이의 시야로 살아갈 널…, 목뒤로 삼킨 말을 마음속으로 거의 다 마쳐갈 때, 갑자기 내 얼굴 앞으로 무언가 휙 지나갔다. 쨍그랑, 사기그릇 깨지는 소리와 함께 물이 카펫을 흥건히 적셨다. 뺨이 시큰거렸다.

"나가."

"무슨 짓이야, 이게."

"나가라고!"

Y는 발악하듯 소리 질렀다. Y를 처음으로 안 지 10년 가까이 되었지만 이 정도로 감정적인 모습은 처음 보았다. 하지만 그걸 처음 보든 몇 번째 보든 그딴 건 지금 내게 중요하지 않았다. 지금 이게 내가 자기 동정한다고 해서 이러는 거야? 그런 식으로 물으면 동정을 바란다는 거 아니냐고. 다리병신 되더니 이게 정말 미쳤나…!

"네가 뭔데 날 동정해! 네깟 게 뭐라고!"

눈물을 뚝뚝 흘려보내는 Y의 뒤로, 지는 해가 혼신의 힘을 다해 짜낸 주황빛이 Y의

반쪽 얼굴을 적셨다. 눈에 고인 눈물이 주황빛을 품은 채 반짝거렸다.

"오빠가 왜 죽었는지 알아? 열은 40도까지 올라가고 하늘이 노랗게 보이면서도 오빠는 시험 보겠다고 했는데, 엄마가 말렸어. 그런데 엄마가 말린 이유는 아픈 아들 걱정해서가 아냐. 그냥 한 번 실패해버린 자식은 이제 가치가 없으니까 벌써 포기해 버린 거라고. 그런데 한 번 망가지면 그걸로 끝이야? 고쳐질 수 있잖아. 그래서 더 나아질 수 있잖아. 왜 그깟 한 번 실패한 일 가지고 모든 기대를 앗아가 버리는 건데!

그런 의미에서 넌 날 충실히 병신으로 만들어 줬어. 사람 병신 만드는 거 정말 쉽더라. 아무것도 기대 안 하고 해달라는 거 다 해주면 돼. 그럼 그 편안함에 스스로 나태해져 다시 일어날 필요 같은 거 못 느낄 테니까! 그렇게 우리 오빠가 죽었어. 네가 나한테 했던 것처럼 엄마가 오빠를 병신으로 만들고 죽여버렸다고! 그 날 오빠한테 잘 하라는 말 한 마디만 해 줬다면, 내년이 있으니까 걱정 말라는 말 한 마디만 해 줬다면…, 그럼 그 똑똑한 오빠는 독감이고 나발이고 다 이겨내고 수능 만점 정돈 당연히 받아올 수 있었을 텐데!"

이제 태양은 핏빛 석양만을 남긴 채 모습을 반쯤 감추고 있었다. 시간은 별로 안 지난 것 같은데, 창 밖 태양은 너무도 빨리 모습을 감췄다. 이상하다, 이제 여름인데. 초점을 빗나간 엉뚱한 생각으로 '지금(只今)'을 회피하고 있던 나는 석양빛에 물들어 피눈물처럼 떨어지는 Y의 눈물을 보며 정신을 차렸다.

"내가 왜 널 고용했는지 알아? 너라면 날 불쌍히 여기지 않을 거라고 생각했거든. 넌 옛날부터 날 싫어했잖아? 처음에는 안됐다는 위로 한 마디도 안 해주고, 옛날부터 네가 내게 그랬든 무심하기 짝이 없는 눈으로 날 바라보길래, 아 이 애랑 몇 달만 더 있으면 할 수 있을 거라고 생각했거든. 그런데 어이없게도 언제부턴가 이 꼴이 되어 버린 나를 네가 불쌍하다는 듯이 쳐다보더라. 그 못된 성질머리로 날 좀 비웃어주길 바랬는데 넌 내가 해달라는 건 족족 다 해주더라.

재활치료 얘기 왜 나한테 안했어? 너 나 싫어하니까, 너라면 그렇게 말해야 하는 거 아냐? 너 사실은 재기 가능하다며? 그런데 이 꼴로 멍하니 뭐 하는 거냐? 내가 너라면 할 수 있는 걸 하기도 전에 포기해버리는 짓 따위 절대 안 할 거다. 할 수 있잖아…. 네가 그렇게 단 한 번만이라도 말해줬다면, 적어도 암시라도 줬다면 난 아무리 네가 기분 나빠도 네가 내게 건네준 한 줌 기대에 기대서 다시 발돋움하기를 소망했을 텐데. 그런데 왜 그랬어? 네가 뭔데 네 멋대로 날 판단하고 동정해? 한 번 실패했다고 모든 게 끝난 건 아니잖아. 더 나아지면 되잖아! 난 아직 나에 대한 기대를 안 버렸는데, 당신들은 왜 벌써부터 내게서 기대를 앗아가는 거야! 왜 날 자꾸 내 현실에 안주하는 병신으로 만들어, 왜 너까지 오빠처럼 날 죽이려고 하는 건데…!"

푸드덕, Y의 고함에 놀라 창문 밖 나무에 옹기종기 앉아있던 새떼들이 한꺼번에 날아올랐다. 발악이나 다름없는 비명을 지르던 Y가 천천히 옆으로 쓰러졌다. 주홍빛으로 가득찬 방 안, 창문으로 석양빛을 가득 받으며 영화 속 슬로모션처럼 그렇게.

소란에 놀란 가정부 아줌마가 쫓아 들어오고, '아가씨'를 외치며 119에 전화할 때까지도 난 미동 없이, 그저 하염없이 Y가 항상 바라보던 창밖만을 바라보았다. 새떼가 지나갔다.

깨진 꽃병의 파편에 베인 뺨에서 피가 눈물처럼 흘러나왔다. 그렇게 내 간병인 아르바이트는 끝났다.

8

창틈으로 내리쬐는 따가운 여름햇살 때문에 잠에서 깼다. 얼굴로 흘러내리는 머리를 대충 뒤로 쓸어 넘기고 휘적휘적 방문으로 걸어갔다. 그런데, 화장대에 흰 봉투가 놓여 있었다.

안경을 대충 닦아 끼고 봉투 앞면을 찾아 읽어보니 발신인이 얼마 전에 이력서를 냈던 M사였다. 조금 긴장한 채로 풀칠된 봉투를 조심조심 뜯었다. 입을 아래로 벌려 손바닥 위에서 탁탁 치니 4등분 되어 곱게 접혀진 종이가 그 모습을 드러냈다. 펴서 읽었다.

또 스스로에게 기대를 품어버린 나는 종이를 구겨 쓰레기통에 집어던졌다. 요즘 어떤 회사가 친절하게 1차 탈락 고지서를 우편으로 보내는지, 나 참. 이젠 지쳐. 나 정말 할 수 있는 걸까.

'넌 아직까지도 자신에게 기대를 걸고 있구나.'

글쎄, 과연 그럴까. 내가 내 자신에게 걸었던 기대가 몇 년 전 것인지조차 기억 안 나는데.

푸석푸석한 긴 머리를 대충 끈으로 질끈 동여매고 방문을 열었다. 반찬 냄새가 났다. 밥솥에서 적당히 밥을 푸고, 아직 식탁에 남아 있는 반찬 몇 가지를 가지고 대충 배를 채우니 엄마가 슬며시 다가와서 통장을 내밀었다.

"지금까지 받은 월급, 생활비만 빼고 넣어놨어. 통장정리 한 번 하고 쟁여놨다가 이젠 진짜 제대로 써. 알아들어?"

오랜만에 들은 엄마의 진지한 말에 눈물이 찔끔 나올 것 같아서 밥을 입 속에 우겨 넣었다. 그리고 통장정리를 하러 모자를 대충 쓰고 밖으로 나왔다. 햇빛이 따가웠다.

잘못 본 게 아닌가 싶어 확인하기를 수 번. 은행 창구 직원한테도 확인해 본 결과 통장에 찍혀 있는 이 거대한 숫자는 현실이었다. 내가 간병인으로 세달 가량 받은 월급을 다 합쳐도 이 액수의 1할도 채 안 되었다. … 그러다 갑자기 떠오른 생각에 화들짝 놀라서 Y의 집으로 뛰었다. 더러운 몰골은 문제가 되지 않았다.

초인종을 누르자 가정부 아줌마는 군소리 없이 문을 열어주었다. 집보다 훨씬 넓은 정원을 반쯤 가로질렀을 때, 평행대를 잡고 걷기 연습을 하고 있는 Y가 보였다. 탁탁 탁, 거센 발소리가 잦아들었다. 그리고 난 천천히 Y에게로 걸어가 통장을 면전에 들이 밀었다.

"너야? 뭐야? 어떻게 된거야?"

"수영장 고소해서 뜯어낸 돈. 일단 치워봐. 앞이 안 보여."

얌전히 치웠다. 그리고 Y를 쳐다보았다. Y는 땀을 뻘뻘 흘리고, 몸을 지지하고 있는 팔을 부들부들 떨면서도 평행대에 몸을 기댄 채 고집스럽게 서 있었다. 마치 스스로에 게 가치를 부여하는 것처럼.

"내겐 이제 필요 없는 돈이라서. 당분간은 거의 집에서 재활치료만 할 테니까 돈 쓸 일도 적을 테고, 내가 나중에 쓸 돈은 내가 나중에 알아서 벌 거야. 이런 식으로 뜯어 낸 꽁돈, 어차피 신경쓰여서 쓰지도 못해."

"그런데 그걸 왜 나한테 줬냐고. 그럴 이유 있어? 없잖아."

"필요할 것 같아서."

내가 그 잡지사 편집장이었다고 했지? 이력서 빵빵해도 기본적으로 옷 입는 감각이 랑, 거기에 투자하는 정도가 일정 수준에 미치지 못하면 절대 내 사람으로 안 뽑아. 넌 이력서도 빵빵하지 않으니 더 신경서야 할테고. 그러니까 제발 옛날에 들고 다녔던 짝 퉁 가방 같은 거 면접장에 들고 오지 마. 아마 네가 이력서를 내밀 때쯤엔, 내가 다시 편집장이 되어있을 거야. 다시 만날 때는 면접장일 수도 있겠지. ……여전히 날 바라보 지 않고, 짙푸른 초목 너머 먼 곳을 바라보며 Y가 말했다.

"넌 아직까지 너에 대한 기대를 저버리고 있지 않으니 가능성이 있겠지. 잘 해봐, 동 창. 무운을 빌어."

Y는 평행대를 부여잡은 채 힘겹게 휠체어로 옮겨 타더니, 멍하니 통장을 들고 서 있는 날 한 번 뒤돌아보지도 않고 집 안으로 사라졌다. 내가 몇 달 동안 드나들며 생활한 집의 현관문이 단단하게 닫혀있는 것을 보자 이젠 정말 끝이라는 생각에 왠지 시큰해졌다.

넌 날 정말로 혐오했구나. 그런데 지금 내가 너를 싫어하지 않는다는 사실이 날 더 비참하게 만들어.

뒤돌아 정원을 가로질러 저택의 정문으로 향했다. 푸드덕 소리가 들렸다. 고개를 들어보니 비현실적으로 환한 하늘 위로 몇 마리 새가 흑점을 수놓고 있었다. 눈이 시렸다.

눈물이 피처럼 진득하게 흘러내렸다.

연극배우

정 수 진

(광주동신여자고등학교 3학년)

엄마는 허름한 극장에서 연극을 한다. 내가 초등학교 때부터 고등학교에 다니는 지금까지. 엄마는 무대 위에선 중세 시대의 어느 귀족 집안의 영애였고 때로는 사대부 양반들을 치마폭에 휘감는 요부였다. 하지만 예쁘지도 젊지도 않고, 그렇다고 해서 뛰어난 연기력을 가진 것도 아닌 엄마는 가끔은 무대 위에서 한마디도 없이 지나가는 그저 그런 행인 역을 맡기도 했다. 아니, 그런 날이 더 많았다. 지난 7년 동안 엄마는 주인공을 한 번도 맡은 적이 없었으니까.

중학교 무렵이었나, 엄마가 한 연극에서 꽤 비중 있는 조연을 맡았을 때였다. 엄마도 많이 들떠 있었던 것 같다. 그 전날까지 거울을 보며 몇 번이나 같은 대사를 연습하고 또 연습을 했다. 덕분에 나까지 대사와 행동을 모두 외워버릴 지경이었다.

"세상엔 문제거리가 많아요. 당신은 그걸 무시하며 사는 게 취미죠."

"그것 참 재밌군요. 하지만 내가 내일 죽을지 모레 죽을지 당신이 알아요?"

특히, 잘 안 되는 이 두 대사를 엄마는 새벽까지 표정과 행동들을 바꿔가며 반복 연습을 했다.

드디어 연극이 올려졌다. 엄마는 허름한 선술집에서 술을 파는 여자로 나왔는데 처음엔 다른 배우들에게 술을 따르는 연기만 했다. 언제나 대사를 하려나 기다리는데 극의 막바지에 이를 즈음 엄마가 연습했던 대사들을 읊기 시작했다.

"세, 세상엔 문제가 많아요. 당신은 무시하는 게 취미요?"

처음 대사를 들었을 때 뭔가 허전한 느낌이 많이 들었다. 그 전날 외웠던 대사와 많이 다른 느낌이 들었다. 엄마의 낯빛이 당황한 것 같았다. 뒤이어 다른 배우가 대사를 하고 다시 엄마 차례가 다가왔다. 엄마는 이미 자신의 실수를 눈치채고 어찌할 바를 모르는 것 같았다.

"그, 그것 참 재밌네요. 나는 내일 죽는다구요!"

분장을 진하게 하고 있었지만 나는 엄마의 안색이 창백해지는 걸 보았다. 곁에 있던 배우들이 서로 눈짓을 하는 것 같기도 했다. 관객들이 서로 마주 보며 말하는 게 엄마의 실수를 다 아는 것 같았다. 나는 너무 창피했다. 앞뒤가 맞지 않는 대사와 그 피할 수 없는 숨 막히는 공간이 싫어서 나는 그 후론 엄마의 연극을 보러가지 않았다. 아니, 사실대로 말하면 연극을 잘 못하는 엄마가 창피했다기보다는 갑작스럽게 세상을 떠난 아빠의 빈자리를 서투른 연극 따위로 채우려 한 엄마가 미웠기 때문이었다.

지이잉 하는 진동소리가 들렸다. 나는 몰래 쓰레기더미를 뒤지는 도둑고양이처럼 핸드폰 플립을 열었다. 다행히 선생님은 눈치 채지 못한 듯 했다. 진동소리를 들었는지 앞자리에 앉은 진아가 은밀한 눈짓을 해보였다.

[딸, 오늘 빨리 끝나지? 급해서 그래. 엄마 의상 좀 가져다줄래?]

땀에 젖어 축축한 블라우스가 내 몸에 착 달라붙었다. 무거운 쇼핑백 때문에 빨갛게 쓸린 팔목 안쪽이 시큰거렸다. 7년 만에 찾은 소극장 앞은 엄마가 오늘 출연하는 연극 홍보전단지로 뒤덮여 어수선했다. 기억을 더듬어 삐걱거리는 계단을 내려가자 분장실이 보였다.

"우리 딸 왔어?"

고개도 돌리지 않고 벽 한 쪽에 걸린 거울에 비친 나를 바라본 엄마는 어느새 80년대를 주름잡는 여가수의 차림을 하고 있었다. 짙은 마스카라와, 붉게 칠해진 입술. 오늘 아침, 축 늘어진 몸빼 바지를 입고 다 풀려가는 파마머리를 뻑뻑 긁고 있던 사람이라고는 짐작할 수 없는 모습이었다. 나는 고개를 대충 끄덕이고는 쇼핑백을 건넸다. 피가 통하지 않아 쥐가 난 손을 몇 번이나 쥐었다 폈다. 엄마는 옷을 갈아입기 위해 분장실 한쪽에 마련된 칸막이 뒤로 갔다. 엄마는 무척이나 바빴다. 아니, 분장실 안에 있는 사람들은 모두 바빴다. 그 속에 홀로 멈춰있는 나만이 낯선 이방인이었다. 집에 가려고 분장실 문을 여는데, 내 어깨를 붙잡는 손길이 있었다.

"네가 미숙 씨 딸이구나. 엄마 닮아서 예쁘게도 생겼네. 언니가 특별히 가장 좋은 자리에 앉혀줄게. 따라와."

엄마처럼 짙은 화장을 한 여자가 내 손을 잡아끌었다. 엉겁결에 공연장 특별석에 앉게 되었다. 탁한 공기가 콧속으로 스며들었다. 이내 공연장은 깜깜한 우주가 됐다. 그리고 그 우주 한 가운데에 엄마가 나타났다.

엄마는 아까 봤던 여자와 짧은 대화를 나눴다. 본격적으로 극은 시작됐다. 엄마의 등장으로 시작됐지만 엄마의 연극은 아니었다. 중반부를 넘어섰지만 엄마는 간간히 사람들 뒤에 배경처럼 서 있을 뿐이었다. 웃을 때 눈꼬리가 휘어지는 젊은 여배우와 중년

남자의 사랑이야기였다. 7년이 지났어도, 엄마는 여전히 주인공이 아니었다. 극은 재밌었지만 금세 흥미를 잃었다. 이런 짧은 출연을 위해 엄마는 밤늦게까지 연습을 하느라 집에 늦게 들어오고 나를 신경 써주지도 않았던 걸까. 나는 섭섭한 생각이 들었다.

그냥 공연장을 빠져나와야겠다는 생각이 들었다. 엄마에게는 처음부터 공연을 보지 않았다고 말하면 될 터였다. 그때 익숙한 목소리가 들렸다.

"나는 당신밖에 없어요. 당신을 잊을 수 없어요."

엄마가 노래를 부르고 있었다. 엄마가 노래를 저렇게 잘했던가. 나는 무언가에 홀린 것처럼 다시 자리에 앉았다. 무대 위에 더 이상 열아홉 살 딸을 둔 엄마는 없었다. 무대 위에는 80년대 여가수 제니만 있을 뿐이었다. 제니의 노래가 끝나고, 사람들은 박수를 쳤다. 그리고 나도 박수를 치고 있었다. 누군가가 조종하는 꼭두각시가 된 것처럼 나는 엄마를 바라봤다. 그 순간 엄마와 눈이 마주쳤다. 여가수 제니와 눈이 마주쳤다. 엄마는 그 뒤로도 연기를 했다. 그전의 엄마가 아니었다. 그다지 많은 대사를 한 건 아니었지만 그래도 연극배우 같다는 생각이 들었다.

연극에선 주인공이 하나뿐이다. 하지만 삶에서는 누구나 다 주인공이 될 수 있다. 아빠를 잃고 외롭고 힘들었던 시간을 연극으로 버텼던 엄마. 나는 그렇게 힘든 과정을 극복하고 삶을 희망으로 이끈 엄마야말로 진짜 주인공이 아닐까 생각해본다.

　제8회 사단법인 문학사랑협의회에서 주최한 [한국청소년문학상]에 응모된 작품들을 심사하였다. 예상 외로 많은 작품을 응모하여 우수 작품 선정에 중압감을 갖게 되었다. 예심(豫審) 심사위원들은 심사 규정을 확정하고, 이에 따라 심사하였다. 본심(本審)은 예심 심사위원들로부터 전달받은 분야별 50편 내외의 우수작품에 대하여 심사하였다. 심사위원들의 개별 채점표를 합산하여 순위를 정하되, 최종 10편 내외를 선정한 후, 전원 합의에 의하기로 하였다.

　심사 규정은 다음과 같다.

　■장르의 확정 : 공모 규정에 따라, 시 부문에서는 시, 시조, 동시를 심사 대상 작품으로 한다. 산문 부문에서는 수필, 소설, 희곡, 시나리오를 심사 대상으로 삼는다.

　■학령(學齡)의 차이 비적용 : 중학교 1학년부터 고등학교 3학년까지 분명한 학령의 차이가 있을 터이지만, 학년성을 고려하지 않기로 한다. 저학년의 뛰어난 작품이 수상하는 것은 축하할 일이지만, 학령에 따른 고려는 적용하지 않는다.

　■작품 특성 : 청소년기의 모험적 발상과 재기 발랄한 속성, 상상의 원심력까지 고려하여 심사한다. 다만, 장르의 기본적 형식은 지켜져야 한다.

　■글의 구조적 특성인 구성, 표현 등을 통한 감동을 평가한다.

　■시, 수필, 콩트 등은 2편 이상 응모한 바, 응모 작품 간 작품의 수준차가 큰 학생은

예외로 한다. 수상권에 든 작품은 인터넷 검색을 통하여 확인하고, 유사한 작품이 있을 경우에도 예외로 한다. 여러 편의 작품 중에서 한 편의 작품을 선정하고, 그 작품들을 심사 대상으로 삼아 순위를 매긴다. 단편소설, 희곡, 시나리오 등은 대체로 1편을 응모하였는 바, 단일 작품을 심사 대상으로 하여 순위를 정한다.

이와 같은 심사 규정에 의하여 심사를 하고, 최종심에 오른 작품을 대상으로 재독하여 논의한 결과 발표한 바와 같이 수상자를 선정하였다. 심사위원의 주관에 따라 작품의 선호가 달랐으나, 최종에는 전원 합의에 의하였음을 밝힌다.

심사위원들은 고등학교 학생들의 열정적 참여에 고무되었으며, 이로 인하여 우리 한국 문학의 미래가 어둡지만은 않다는 의견에도 접근하였다. 또한 여러 예술고등학교에서 문학창작을 지도하면서, 이 학교의 다수 학생들이 참여하여 우수한 작품이 많아졌다는 현상에도 주목하였다. 특히 보고 듣고 즐기는 대중예술의 여파로, 생각을 깊게 하는 문학 창작이 소외받고 있는 시대에, 문학 창작을 통하여 청소년의 내면을 여실하게 보여준 것은 참으로 고마운 일이다. 그 중에서 산문 창작은 질(質)적인 면에서 뿐만 아니라, 양(量)적인 면에서도 고통의 산물이었음을 상기할 때, 그 고통을 참아준 청소년 문사(文士)들에게 고마운 인사를 전한다.

시 부문은 구성과 표현의 멋을 살리려는 김종연과 몇몇의 경향, 역사성에 접근하려는 홍유진과 몇몇의 경향을 놓고 열띤 토론을 벌였다. 그 중에서 상상력이 뛰어나다는 점을 높게 평가하여 김종연의 [페루그라피]를 대상으로 선정하고, 불에 타서 검게 그을린 국보에 대한 절실함을 노래한 홍유진의 [검은 문]을 금상으로 선정하였다. 산문 부문은 진실성을 담보하고 있는 단형의 수필과 상상력을 발휘하여 길게 쓴 소설, 삶의 축

도라고 하는 희곡에 대하여 깊이 있는 토론을 벌였다. 그 중에서 특별하지 않는 소재를 맛깔나고 멋스럽게 표현한 작품, 고등학교 1학년 홍종훈 학생의 [신록의 향연]을 대상으로 선정하고 여타의 작품도 등위를 매겼다. 참신한 제재를 길게 이끌어나간 작품도 있었지만, 긴 글일수록 단점도 산견되었다.

　다른 학생들의 작품에 대한 개별 심사평은 생략한다. 수상한 학생에게 기쁜 마음으로 축하한다. 낙선한 학생에게는 위로의 인사와 함께, 다음 기회에 도전할 것을 권면한다. 입시에 집중하는 청소년들이 문학작품 창작에도 열성이어서 고마운 마음이다.

2010년 5월 11일
제8회 한국청소년문학상 심사위원회

◈◈ **심사위원회** ◈◈

* 유한근(문학평론가, 디지털 서울문화예술대학교 교수)
* 김명녕(수필가, 한밭대학교 교수)
* 윤월로(시인, 수필가, 시상문학회 회장)
* 안일상(소설가, 한밭소설작가협회 회장)
* 리헌석(문학평론가, 사단법인 문학사랑협의회 이사장)

꽃을 여행하다

제8회 한국청소년문학 수상작품집

| 펴낸날 | 2010년 6월 26일
| 엮은이 | 한국청소년문학상 운영위원회
| 편집 · 인쇄 | 도서출판 한밭예술
          T. 625-2981
| 발행 · 총판 | 오늘의문학사
          대전광역시 동구 삼성1동 125-6 한밭오피스텔 401호
          Tel(042)624-2980 Fax(042)628-2983
          e-mail | hs2980@hanmail.net
          등록 • 제55호(1993년 6월 23일)

          ISBN 978-89-5669-379-8

          값 10,000원

*이 책은 2010년도 대전광역시 '사회단체 보조금'에서 사업비 일부를 지원받았습니다.